少年陰陽師

しょうねん おんみょうじ

少年陰陽師 貳拾玖

消散之印

まだらの印を削ぎ落とせ

結城光流—著　涂愫芸—譯

重要人物介紹

藤原彰子
左大臣藤原道長家的大千金，擁有強大靈力。基於某些因素，半永久性地寄住在安倍家。

小怪
昌浩的最好搭檔，長相可愛，嘴巴卻很毒，態度也很高傲，面臨危機時便會展露出神將本色。

安倍昌浩
十四歲的菜鳥陰陽師，父親是安倍吉昌，母親是露樹，最討厭的話是「那個晴明的孫子」。

六合
十二神將之一的木將，個性沉默寡言。

紅蓮
十二神將的火將騰蛇，化身成小怪跟著昌浩。

爺爺(安倍晴明)
大陰陽師。會用離魂術回到二十多歲的模樣。

朱雀

十二神將之一的火將，使的是柔和的火焰。與天一是戀人。

天一

十二神將之一的土將，是絕世美女，朱雀暱稱她「天貴」。

勾陣

十二神將之一的土將，通天力量僅次於紅蓮，也是個兇將。

太陰

十二神將之一的風將，擅使龍捲風，個性和嘴巴都很好強。

玄武

十二神將之一的水將，個性沉著、冷靜，聲音高亢，外型像小孩子。

青龍

十二神將之一的木將，從很久以前就敵視紅蓮。他有另一個名字「宵藍」。

天空

十二神將之一的土將，是十二神將的首領，雖然眼盲，但內心澄明。

白虎

十二神將之一的風將，外表精悍。很會教訓人，太陰最怕他。

風音

道反大神的愛女。以前她曾想殺了晴明，現在則竭盡全力幫助昌浩。

藤原行成

右大弁兼藏人頭，受皇上信賴。他是昌浩的加冠人，與成親是好友。

藤原敏次

陰陽生，在陰陽寮裡是昌浩的前輩，個性認真，做事嚴謹。

安倍成親

昌浩的大哥，陰陽寮的曆博士，有位人稱「竹取公主」的美麗妻子。

那雙大手，是唯一的救贖。

1

有種空氣凍結的錯覺。

獨臂天狗伊吹緊盯著戴著面具的天狗同胞的表情。

總領的住處十分寬敞，兩人所在的庭院在比較裡面的地方，不太會有人經過，只有喧囂聲隨風飄來。

再往更裡面走，就是幽深的異境森林，與峽谷相連。有人說繼續往前走，會到達異國神仙居住的地方，但是沒有人確認過。

飄舞戴的面具很像伎樂的面具，伊吹的也是。

面具上雕刻的表情，張張都不一樣，據說代表著每一個天狗的本質。

飄舞的面具看起來很恐怖，卻蕩漾著難以形容的哀愁。

這名號稱「愛宕天狗族第一高手」的年輕人，出生至今將近兩百年了。

天狗的壽命很長，愈長命，愈不容易有小孩。總領家也是因為這樣，之前一直沒有下一代。

愛宕的當今總領，以人類年紀來說，大約剛過四十歲。

在伊吹眼前的飄舞大約二十歲出頭，而伊吹的姪子颯峰……

想到這裡，已經邁入老年的伊吹，腦中閃過一個人類男孩的身影。

啊，對了，颯峰的外表看起來跟那個孩子差不多年紀。

伊吹面向飄舞，儘可能保持冷靜地問：

「你剛才說什麼？」

飄舞藏在面具下的眼睛是什麼顏色呢？伊吹明知不可能看得見，卻莫名地很想知道。

「我可不想靠他救。」

年輕人的回答淡然，不帶感情。

「那是什麼意思？」

伊吹的獨臂握著腰間佩劍的劍柄，面具下的眼睛閃過厲光。飄舞看不到伊吹的眼睛，卻感覺得到那股威力。

飄舞又重說了一次。

「靠他救……靠忌諱的人類法術來救，絕對不可以。」

伊吹暗暗倒抽了一口氣，眼前的飄舞握緊了拳頭，手臂因為用力過度而微微顫抖著。

「總之，靠他救不行，這是我們的義務、我們的使命，怎麼可以仰賴人類，仰賴異教法師……！」

「……飄舞……」

老人走向懊惱咒罵的年輕天狗，把手搭在它肩上。飄舞強烈顫抖的肩膀有著結實的肌肉，證明它在劍技的鍛鍊上比誰都認真。

「昌浩大人不是異教法師，是陰陽師。」

「都一樣！」

「不，不一樣，絕對不一樣。」

飄舞抬頭看著視線比自己高的伊吹，堅決地吼叫：

「人類統統都一樣吧？不管異教法師還是陰陽師，都一樣狡猾、陽奉陰違，最後殘忍地背叛。『邪魔外道』這種輕蔑稱呼最適合用來稱呼人類，而不是我們天狗！」

只有天狗才能拯救總領唯一的兒子。

年輕天狗藏在面具下的眼睛，想必是閃爍著憤怒的光芒。

被拔擢為次代總領疾風的護衛時，飄舞默不作聲，緊緊抿著嘴巴，默默垂下了頭。

眾長老中，有不少人反對這樣的委派。想到飄舞的出身，也難怪那些人會反對。

伊吹嘆口氣說：

「飄舞啊，最重要的是要能救活疾風大人。不管仰賴什麼人，只要疾風大人可以得救、恢復健康，不就行了嗎？」

垂著頭的飄舞搖頭說：

「不！不可以相信人類。」

「飄舞。」

「不可以，伊吹大人，你的掉以輕心，很可能毀了你自己。」

「飄舞，說話小心點。」

戴著面具的伊吹被飄舞的頑固氣得橫眉豎眼。

「我們總領颶嵐交代過，要交給人類的孩子處理。總領也認為那個孩子值得信賴。」

飄舞退後一步，仰頭看著伊吹。

那股視線彷彿要將人射穿，伊吹看著飄舞的眼神也變得犀利。

要完成保護總領的重責大任，的確需要這種堅強的意志，但缺少了融通。

然而，徹底拒絕人類，或許才是愛宕天狗的真正心聲吧？

直到現在，還是有很多天狗反對把重要的次代總領的生死交給人類。

飄舞的雙眸在面具下閃爍發亮。

「伊吹大人，你真的相信那個人類？」

「……當然。」

伊吹隔了半晌才回答。就在那麼短暫的時間，飄舞似乎看穿了什麼。

「原來如此……伊吹大人，你並沒有完全敞開胸懷。」

「飄舞！」

獨臂天狗不由得大聲起來。但是飄舞一副不想再多說的樣子，轉身離開。

「飄舞，等一下！」

伊吹抓住飄舞的肩頭，卻被無情地甩開，正要再說什麼時，從樹叢後面鑽出一個瘦小的身影。

「伯父！」

是伊吹的姪子颯峰，跟飄舞一樣負責保護疾風。

颯峰站定不動。

伊吹與飄舞之間有種莫名的緊繃感，颯峰訝異地看著兩人。

伊吹把手縮回來，強裝開朗地說：

「喲，颯峰啊！怎麼了？」

颯峰鬆口氣說：

「伯父、飄舞，我一直在找你們呢！總領大人要見你們。」

「是嗎？」高大的天狗點點頭，轉頭對年輕天狗說：「總領大人在找我們，走吧！」

飄舞瞥伊吹一眼，從颯峰身旁走過去，不發一語。

颯峰看著它，疑惑地抬頭問：

「伯父，你跟飄舞怎麼了？」

伊吹搖頭嘆息。

「那小子還是沒變……」

原本以為拔擢飄舞為疾風的護衛，多少可以解開它的心結。

——我可不想靠他救。

與其要仰賴人類的救助，飄舞寧可放棄，這樣的想法太過極端了。

高大的天狗望著飄舞離開的地方，詢問姪子：

「那小子都能夠完成任務，沒有失誤過嗎？」

「當然！它比我機靈多了，我常自我反省，要好好向它學習。」

「是嗎……」

頻頻點著頭的伊吹，忽然轉移了視線。它的嘴角還帶著笑意，面具下的雙眼卻十分犀利。

「請問妳待在那裡做什麼？」

發出的聲音像刀刃般鋒利。

一個纖細的身影從樹叢後面走出來。

「沒做什麼，只是在參觀庭院，沒有其他意思。」

苦笑著回答的人是十二神將之一的勾陣。她合抱雙臂，微斜著頭。

見伊吹望向自己的眼神帶著詢問，颯峰點了點頭。

「她說得沒錯，是我取得親信們的同意，帶她來的。」

「這樣啊。」

看到高大的天狗放鬆了肩膀的力量，勾陣這才卸下防備。向來隨身佩帶的筆架叉現在不在她腰間。進入愛宕鄉時，被要求寄放在門口警衛處。

少了武器的重量，有種奇怪的感覺。沒有武器，並不會明顯削弱戰鬥力，只是少了平常帶在身上的東西就覺得沒有安全感。以前掉過其中的一把，也曾經把其中一把借給別人，卻從來沒有同時放開兩把過。

但是依她判斷，拒絕的話，很可能惹惱天狗，那麼做絕非明智之舉，所以不得不把武器交出去。

當時，小怪的眼神兇得嚇人，害她花了一些時間安撫小怪。

小怪本來就不是心甘情願來這裡的。

雖說昌浩是迫不得已才答應天狗，會派神將去異境的天狗之鄉。但是違背約定的話，天狗很可能來算這筆帳。

天狗是魔怪，不可以隨便答應天狗任何事。

小怪在出發前，針對這件事訓了昌浩一個多時辰。坐得端端正正、乖乖聽訓的昌浩，看到天狗們來接神將時，明顯鬆了一口氣。

看到它那樣子，勾陣想起白虎也經常這樣教訓太陰。

勾陣鬆開合抱的雙臂，望著通往住屋的小路說：

「那個叫飄舞的天狗，性子很火爆呢！」

在愛宕山中對決的事，她都聽同袍說了。剛才跟飄舞擦身而過時，也覺得它酷烈的眼神刺向了自己。

看來，飄舞跟自己那位號稱最強的同袍，無論如何都不可能合得來。

「我也有那種性子的同袍。」

「哦，是嗎？應該會跟飄舞談得來吧！」

聽到伊吹的感嘆，勾陣聳聳肩，微微一笑。

「這就很難說了，它那麼討厭人類，恐怕面對我們主人時，也不會改變態度。」

「沒錯，可能真如勾陣大人所說的那樣。」

颯峰顯得若有所思。

近半夜來迎接神將時，颯峰把勾陣稱為「使用武器的女性大人」。這樣的稱呼太冗長，勾陣主動告訴它叫名字就行了。

伊吹倒是對她那句話產生了疑問。

「對了，你們的主人好像不在……」

陰陽師「安倍晴明」的名字，在異境魔怪之間也是如雷灌耳。

勾陣把那分驕傲藏在心底，不露聲色地回說：

「人界現在也不太平靜，我想世上所有事都有些關聯吧！」

不論人界、異境或神界都有關聯，說不定也包括冥府在內。

只要一個地方失去均衡，就會波及其他地方，這也是世界的哲理。

「嗯，說得沒錯。對了，妳在這裡，那麼那位護衛大人呢……」

勾陣的應對態度還算親切，小怪卻跟她成明顯對比，一直拉長著臉、半瞇著眼睛，從頭到尾不發一語，當然不可能有過「請這樣叫我」之類的友善對話。

颯峰替勾陣回答了這個問題。

「變形怪大人在親信們那裡。去見總領大人之前，親信們要先確認它有沒有危險，現在把它安排在接待室。」
「那麼，勾陣大人最好也待在那裡吧？」
「是這樣的，」颯峰對質疑的伯父說：「風代大人說他們難得來，要我帶她去參觀庭院。」

在眾親信中，風代算是首領級的天狗。

總領的親信們，對打傷了總領天狗颶嵐的神將都抱著同仇敵愾的心情。它們的主要敵視對象是小怪，似乎不太把勾陣放在眼裡。

叫颯峰帶她去參觀庭院，不過是藉口。眾親信的其中一人，命令颯峰把勾陣帶離現場，只是為了把她從小怪身邊支開。

從天狗們的談話中，勾陣聽出了一點端倪。

上次發生衝突時，紅蓮一直待在勾陣旁邊，所以眾親信們認為她可以突破一大群天狗，並不是靠她自己的力量。

天狗族的女性都很虛弱、嬌柔，人類的女性也大多是這樣。就天狗們的認知，萬萬想不到她會是十二神將中的第二強將。

勾陣沒理由糾正它們的想法，就讓它們繼續那樣誤解下去。被當成沒什麼力量的女性，反而比較能自由行動。在這種時候，女性的身分方便多了。

只有牽動嘴角微笑的勾陣，眼中完全沒有笑意，颯峰和伊吹都發現了。

「看來我們很受歡迎呢！」

颶嵐想見神將們，所以眾親信不得不答應這件事。但是，它們毫不掩飾對神將的戒心，連表面功夫都做不到。

不，它們防備、忌諱的對象應該不是神將，而是使喚神將們的人類。

天狗們如此厭惡人類的理由，勾陣聽小怪和朱雀說過。她也覺得無可厚非，卻又很想抓住它們的衣領，對它們說，既然如此，縱使是總領的要求也應該斷然拒絕。

她並不想討好天狗，只是被厭惡到這種地步，真的很難保持平靜。

勾陣嘆口氣，暗自想著：

「原來那傢伙一直是這樣的心情啊，我得好好記著。」

被青龍他們徹底討厭的騰蛇是怎麼樣的心情，勾陣現在多少可以了解了，她萬萬沒想到會從天狗身上體會到這種事。

以前自以為理解，其實不陷入同樣的處境，很難真正地理解。不管活過多少年，還是隨時會有新的體悟。

然而，她並不會因此而想採取什麼行動。試圖改變對方是一種傲慢。青龍有青龍的想法，其他同袍也一樣，她不能強迫他們，也不想那麼做。就像青龍和天后，也從來不會把自己的想法強加在她身上。
神將們向來以自我的存在方式為優先。
勾陣端莊秀麗的臉龐浮現一絲不安。伊吹沉思了許久之後，鄭重地對她說：
「也許這是我個人的自私想法，說真的，勾陣大人，我希望可以藉由這次機會，緩和我們族人對人類的仇恨。」
颯峰驚訝地看著伯父。
伊吹露出淡淡的微笑說：
「我們不可以老是被困在仇恨裡，前代總領也很擔憂這件事。」
「伯父……」
颯峰不知道該說什麼。它是幾天前才知道愛宕以前發生的慘劇，也知道伯父當時失去了什麼。最仇恨人類的，應該是伯父。
從懂事以來，颯峰就被教育不可以相信人類。鄉裡的天狗都是這樣。颯峰也在不知道詳細原因的情況下，對人類抱持戒心，直到現在。
它們看到誤闖異境、陳屍荒野的人類，會表示同情。看到活著的人類，會把他們送回人界。但除此之外，完全不與人類接觸。
颯峰是在前些日子才知道，曾做得這麼徹底，是在那件事之後。

「我尊重你的想法……」勾陣雙手扠腰，嘆著氣說：「可是，這與愛宕其他天狗的想法相反吧？如果硬要扭轉它們的想法，會產生反效果哦！」

「當然，我不會蠢到去強迫它們。」

伊吹張大嘴巴哈哈大笑。

「我只希望可以成為一個開始的契機，這樣就是一大進步了。」

伊吹的語氣淡泊自若，可見是打從心底這麼想吧！

勾陣撥開掉下來的劉海，瞇起眼睛苦笑著說：

「我不反對你的想法，但我很懷疑這能不能成為契機，因為……」

她轉頭望向身後的一片黑暗，遙望著聳立在樹林後方的總領住處。

「那小子被滿是敵意的天狗們包圍，恐怕忍不了多久了。」

伊吹和颯峰都倒抽了一口氣。

「它現在似乎……」就在這時候，黑暗處迸射出灼熱的鬥氣。「快要捺不住性子了……」

勾陣愣住了。伊吹和颯峰也驚訝得說不出話，就那樣呆呆站著。

勾陣猛眨著眼睛，撥開劉海，同時訝異地喃喃自語：

「那小子在幹嘛啊……？」

時間稍微回溯到不久前。

在異境之地愛宕鄉。

聳立在最深處的總領住處十分遼闊，是由好幾棟的大房子，藉由走廊和渡殿，複雜地組合起來。

可能會有人覺得看起來很像皇宮。

總領的房間在最後棟，要經過好幾條走廊、好幾扇門，才能到達那裡。

只有一條走廊可以通往最裡面的房間，房前設有接待室。

一隻身體跟大貓差不多大小的四腳生物，坐在那個約兩丈四方的接待室正中央。

它保持前腳伸直、後腳彎曲且屁股著地的坐姿，一動也不動。

四個角落的燈台，勉強可以照得到它。

覆蓋著全身的白毛，有時會因為光線強弱的變化，看起來近似橙黃色。包圍住它的無數天狗的影子投射在它身上，形成黑色、橙色的變形大斑點圖案。

長長的耳朵和尾巴往後垂落。脖子周圍有一圈紅色勾玉般的凸起。

額頭上有看似紅花的圖騰。

幾乎垂到一半的眼皮，蓋住了又大又圓的眼睛。

有極少部分的人，把這隻生物稱為「小怪」。

天狗們當然不可能這樣稱呼它。

「再問你一次。」

低沉的質問聲帶著煩躁。

小怪還是沒反應，使天狗們的心情更加惡劣。小怪覺得對方太沒禮貌，完全沒有改變態度的意思。

飛越天空，進入愛宕異境，到達了天狗鄉，武器就被沒收了。接著，小怪被天狗們團團圍住，同袍又被帶開，把它原本就不好的心情搞得糟透了。

它心想，既然是總領要見我們，就趕快帶我們去見嘛！見過面，滿足了總領的慾望，就沒我們的事了，我們自然會速速離開，不用你們擔心。

「總領大人要見的，是前幾天跟我們刀劍交鋒的強者。」

「你們卻找人來替代他，到底在想什麼？」

小怪耳下爆出青筋。

「總領大人想見的，是那個跟他勢均力敵的年輕人。」

「來的卻是你跟那個女的，沒見到那個該來的人。」

屋內空氣緊繃得讓人如坐針氈。

小怪半瞇的眼睛閃過兇光。

其中一隻天狗又接著說：

「這麼失禮太過分了，這就是人類的心意嗎？」

「——」

因為怕麻煩而一直保持沉默的小怪，腦中終於響起什麼東西驟然斷裂的聲音。

臨出門前，那個私自答應天狗會去拜訪愛宕的男孩，一再叮嚀它不要跟天狗們起爭執，它也很想遵守。

然而，它的容忍度顯然不夠，很快就破表了。

它的白色尾巴往地上啪唏一拍，天狗們就嚇得提高了警覺。

小怪悠然環視著包圍自己的天狗們，從容不迫地開口說：

「搞清楚嘛，是你們糟蹋了我們的心意。這樣包圍千里迢迢來訪的客人，嚴厲質問，就是你們天狗的禮節嗎？」

剎那間，天狗們都被小小的變形怪懾住了。

「別以為你們這樣包圍我，就佔了優勢。我並沒有被你們困住，只是懶得跟你們爭而已。我怕起了紛爭，搞不好會毀了主子的誠意，但是……」小怪猛地站起來，甩甩耳朵接著說：「如果沉默反而會傷害主子和我們的自尊，我就不得不改變做法了。」

微弱的神氣從白色身軀冒出來。

小怪露出可怕的微笑。

「我再強調一次，我有付出過心意，不要忘了。」

「什麼……?!」

灼熱的鬥氣瞬間膨脹，四個角落的燈火都被吹熄，燈台也砰然倒地。

正要站起來的天狗們，全都被迸裂的紅色鬥氣炸得東倒西歪。

有個天狗連同精雕細琢的板窗一起被炸飛出去，另一個天狗被重重摔在牆上。紙拉門鬆脫倒下，好幾個天狗躺在地上。

天狗們搞不清楚發生了什麼事。

好不容易爬起來，望向變形怪時，又是一片驚愕。

眼前看到的是一個高瘦挺拔的年輕人，讓天狗們不禁懷疑起自己的眼睛。

他身上冒著紅色的灼熱鬥氣，額頭上套著金箍，不到肩膀的凌亂頭髮在鬥氣中飄揚。纏在手臂上的薄絲綢巾翻騰，金色雙眸閃爍著淒厲的光芒。

年輕人毫不掩飾怒氣，用低沉有力的聲音嚴厲地說：

「不是我自吹自擂，我的神氣可是想壓也壓不下來的。除非變成異形的模樣，否則很難完全隱藏。」

天狗們個個目瞪口呆。這也難怪，因為十二神將中最強的鬥將，把平常刻意隱藏的神氣全都迸發出來了。

紅蓮目露兇光，瞪視著天狗們。

「看夠了，就快帶我去見總領！」

2

昌浩停下磨墨的動作，眨了眨眼睛。

在一旁看著他磨墨的烏鴉疑惑地歪著頭說：

「咦，昌浩，你的手停下來囉！怎麼了？』

昌浩看看四周，說：「沒什麼，只是……」他扭扭脖子，皺起了眉頭。「好像有種不祥的預感，又好像沒有……」

這種顛三倒四沒重點的話把嵬惹火了。

「安倍昌浩……你好像很難集中精神去做一件事呢！有什麼突發事件時，恐怕會應付不來哦！」

昌浩為之語塞。很想反駁，一時之間卻找又不知該說什麼。

除非是緊要關頭，否則在做不擅長的事情時，他的注意力怎麼樣都會東跑西跑。他也知道這樣不行，可是要集中精神做不想做的事，真的很困難。

他看著手中的東西，嘆了一口氣。

他不是不想寫信，只是現在怎麼也提不勁來寫。

以藤原行成親手抄的《萬葉集》為範本練字，是絕對正確的事。他深信只要繼續寫下去，字跡就會逐漸變得工整，所以可以不屈不撓地堅持下去。不管到何時才能看得出成果，總之，關鍵就是持續下去。

除了需要天分的事之外，大部分的事情都是這樣。

字大家都會寫。昌浩並不打算成為書法家，所以用不到天分。他只想達到一般人的程度，寫出任何人都看得懂的工整文字，如此而已。

昌浩放下墨，撥開紙張，把嵬抱起來放在矮桌上，讓腳放鬆。每次磨墨時，他都會習慣性地正襟危坐。白天在陰陽寮，都是坐得端端正正。在他懂事前，祖父就常教育他，端正的語言和坐姿是陰陽師的基礎，更是身為人的基礎。在自己家裡放鬆時，並不在此規範內，但最好還是從平時做起，以免不小心露出馬腳，所以從入宮工作以來，他都會儘可能注意自己的言行。

啊，對了，他想到敏次大人也常指正他。看來，平時就要常使用敬語，像哥哥成親就可以隨時看人、看場合使用，所以最重要的還是習慣。

他心裡這麼想，嘴巴說的卻是另一回事。

「我的注意力的確還不夠集中，可是現在與那個無關，不知道為什麼，我有種不好的感覺，就像……呃……」

眼前找不到貼切的說法。

「昌浩說得沒錯。」

後面有人幫他助陣，他鬆口氣回頭看。

「那就不是我胡思亂想囉？」

靠著柱子盤坐的神將朱雀苦笑起來。腳彎向一側坐在朱雀旁邊的天一，也點頭表示贊同。

「好像是騰蛇出了什麼事。」

「他的通天力量居然可以從異境傳到這裡，果然非比尋常。」

朱雀讚嘆地點著頭。

昌浩眉頭一皺說：

「到底怎麼了……」

朱雀與天一對看了看。

「應該不是什麼值得擔心的事……」

天一笑著說，朱雀也贊同她的說法。

「頂多就是給天狗來點下馬威，不會是什麼大事。」

昌浩緊張地說：

「不、不，那就是大事了！啊啊啊啊啊，虧我再三交代過他……！」

坐在矮桌上的嵬對抱頭慘叫的昌浩說：

「都怪你啊！你不要答應伊吹大人的要求，不就沒事了？」

「你要這麼說我也沒辦法。」

昌浩盯著烏鴉，雙眼滿是怨氣，心想烏鴉直接擊中他的要害也就算了，難道就不能多注意一下措詞，再多一點體貼或溫柔嗎？

嵬卻毫無感覺，又冷冷地對他說：

「這件事不重要。快點磨墨、練字，今晚一定要把信寫完，快啊！」

被急急催促的昌浩只好再面向矮桌。

嵬跳到昌浩膝上，骨碌轉身說：

「你拿筆的姿勢有問題，聽著，筆要這樣拿，手肘彎曲，使用整隻手臂的力量來寫。」

嵬還靈活地彎曲翅膀做給他看。

「咦，這樣嗎？」

昌浩照指示做，又被說肩膀太用力了。嵬好像很有教學經驗。

「對、對，現在好多了……想起以前，公主小時候，我也從拿筆的方法開始仔細教過她，那時候……」

聽到望著遠處遙想當年的烏鴉這麼說，大家不禁有感而發：

道反的守護妖還真不簡單呢！連這種事都要做。

小女孩在烏鴉教導下拿筆寫字的模樣，光想像都覺得好可愛。

昌浩心想，等一下可以寫在信裡，這樣六合應該也會看到。

說不定她會像以前自己學書法那樣，也教脩子公主寫字呢！

「……」

昌浩瞄一眼放在衣箱旁的硯台盒，微微一笑。

脩子公主也可能用她漂亮的字當範本。

從她充滿女人味的柔美字跡，就知道她是某族首領的第一千金，受過至高無上的最高等教育。

從文字，一眼就可以看出寫字的人是男性還是女性，還有這個人的教養。

所以昌浩才會如此希望可以寫得一手好字。雖說文字不能代表一切，但最好還是能寫出工整的字。

嵬尾隨昌浩的視線望過去，也不覺地點起頭來。

「沒錯，她的字的確很漂亮。可是，安倍昌浩啊，男人學女人的字，不但毫無意

義，還會成為笑柄哦，你最好重新考慮。」

「我又沒那麼想！」

昌浩不自覺地提高了嗓門。嵬舉起一隻翅膀催他說：

「好了，快點寫！我明天天一亮就要走了。放心，不會把你吵起來，我打算今天晚上就綁在背上睡覺。」

「很感謝你為我著想，可是，這樣你明天醒來會全身痠痛。」

想像著那個畫面，昌浩就覺得好笑。

又開始磨墨的他，整顆心都飛到愛宕了。

他擔心去天狗那裡的小怪和勾陣。

還有疾風的替身。

✖　✖　✖

響起拍打翅膀的聲音。

自己明明睡得很沉，怎麼會聽到那種聲音呢？

「……？」

他揉揉惺忪的睡眼爬起來。

翅膀啪吵啪吵拍打著。

好像有隻大鳥飛下來。

天還這麼暗，怎麼可能呢？

啪吵啪吵。

就在附近的振翅聲，戛然靜止了。

他在黑暗中定睛凝視。

現在是冬季。板窗和木門都關得密不通風，看不到外面的樣子。

不知道鳥還在不在那裡。

於是，他想起了那隻鳥。

不知道那隻鳥怎麼樣了。

這時候，鳥又拍起了翅膀。

不知道為什麼。

當他回過神時，自己已經從床上爬起來，穿過廂房，把手伸向了通往外廊的木門。

隔著屏風在另一邊休息的奶媽完全沒動靜，應該沒發現。

只穿一件睡衣很冷，冷得他全身發抖，縮起了脖子。

緩步前進的赤裸腳丫子發出唏噠唏噠的聲響，逐漸被冰冷的地板吸走了熱氣。
他定睛一看，有個黑影停在高欄上。
是隻大鳥。他從來沒見過這麼大的鳥，曾經聽說過的虎頭海鵰，可能就是這麼大吧！
停在高欄上的黑影，無聲地向兩旁延展。
他嘶地倒抽一口氣。
大鳥向左右張開的翅膀啪吵拍振起來。
冰冷的風打在他臉上。
眼前忽然一片漆黑。
朦朧中，他彷彿看到笑得非常邪惡的嘴巴。

聽到淒慘的叫聲，隔著屏風休息的奶媽驚醒過來。
不尋常的啜泣聲從屏風另一邊傳過來。
「唔……燙……燙……好燙……！」
奶媽大驚失色。
「小姐，妳怎麼了？小姐?!」

除了難以形容的啜泣聲外，還有粗暴動作發出的聲響。
奶媽跌跌撞撞地推開屏風。
從床上坐起來的小女孩扭動著身體，急著想扯開睡衣的前襟。
「小姐?!妳在做什麼？」
小姐哭著從衣服裡拿出什麼東西扔出去。
奶媽趕緊抱住哇哇大哭的小姐，沒看清楚她扔出去的東西是什麼。
沒想到那東西突然起火，啪地燒起來，很快就消失了。
「咿……！」
奶媽立刻背向那東西保護小姐。
在淒厲的啜泣聲中，全身發抖的奶媽覺得好像沒什麼事，就回過頭看。
只看到飄落的白色灰燼。
「這到底是……」
喃喃自語的奶媽，突然聽見小姐的尖叫聲。
「護……護身符……護身符……！」
奶媽嚇得倒抽一口氣，小女孩還在她懷裡哭個不停。
忽然響起啪吵聲。

「咿！」

全身僵硬的奶媽轉向聲音來源，在顫抖中，聽著似巨大猛禽振翅般的聲音逐漸遠去。

才剛聽見啪嘰巨響，視野就燃起了一片熊熊大火。

「……唔！」

猛然從床上坐起來的藤原敏次慌忙環視周遭。

「剛才那是……?!」

他安撫狂奔的心跳，拚命調整呼吸。

那個畫面不像是夢，伴隨著強烈的衝擊。

伸手按著眉間，發現指尖冰冷得嚇人，他在黑暗中眨了好幾下眼睛。

眉間是要害，那地方還殘留著衝擊的殘餘感覺。

那裡不僅是肉體上的要害，也是精神上的要害。被術士或妖魔以靈力或妖力攻擊時，所謂的「靈體」就會受到傷害，嚴重的話會喪命。但是，這樣的攻擊，不會在肉體留下任何傷痕。

敏次搓揉冷得僵硬不能動的手指，不斷地深呼吸。

「冷靜點……我是不是惹了什麼人？」

他這麼自問，很快地又搖搖頭，臉上浮現出複雜的苦笑。

這種事想也沒用，根本無法確認。而且，縱使自己問心無愧，也可能激怒過什麼人。

腦中閃過年紀輕輕就告別人世的哥哥的身影，眼神是那麼地淒涼。

敏次用冰冷的手掌蓋住眼睛，深深嘆了一口氣。

「……」

然後，他抬起頭，用力點一下，再拍拍兩頰，轉換心情。

環視房內，眼睛已逐漸適應黑暗，隱約可以看見物品的輪廓了。

感覺不出什麼異狀。

「現在是什麼時刻……？」

他走出屋外，觀察天空，還好雲層不厚。

天頂和西方天空都沒有月光，東方天際也看不出天快亮的徵兆。他又觀察星星位置，與腦中的天文圖核對。

敏次雙臂交抱，一隻手托著下巴。

「看來是快從子時進入丑時的時刻……丑時啊，不太吉利。」

這麼低聲沉吟時，響起微弱的馬蹄聲。

他訝異地皺起了眉頭。馬蹄聲的音量逐漸增強，不久後停在他家門前。接著是馬的嘶鳴聲、馬蹄的刨蹴聲、從馬背跳下來的腳步聲，然後響起敲打他家大門的聲音。

「這種時候有訪客？誰啊？太沒常識了。」

傳來開門的聲音。

沒多久，他發現腳步聲逐漸靠近他的房間。

「敏次，快起來。」

「我已經起來了，母親。」

母親拉開了木門，手上蠟燭的亮光由下往上照亮了她的臉。

臉色看起來不太好，應該不只是黑夜的關係，讓敏次有種不祥的預感。

「母親，剛才來的客人是……？」

「快穿好衣服，右大弁大人派來的使者在等你。」

敏次瞪大了眼睛。

＊　＊　＊

燈台的火焰嫋嫋搖曳。

「……」

昌浩握著筆，一動也不動。

深深刻劃在眉間的皺紋，讓他的表情看起來格外嚴肅。

坐在他膝上的烏鴉張嘴說：

「不如從季節問候開始寫吧？說不定一下筆就會文思泉湧。」

「唔……」

昌浩只是不斷地呻吟，手停滯不動。就在這時候，一滴墨水啪答滴在攤開的紙上。

「啊……啊啊啊啊……啊～～」

昌浩往桌上一趴，懊惱不已。

「安倍昌浩啊……」

縱身躍下地板的嵬，飛到了矮桌上，用兩隻翅膀啪唏啪唏打昌浩的頭。

「為什麼？為什麼你還不寫？為什麼你還不開始寫?!」

趴在桌上的昌浩撐起頭看著嵬說：

「我不是不寫……是寫不出來。」

「為什麼！」

昌浩把下巴抵在桌上，半瞇著眼睛說：

「……就是寫不出來……」

烏鴉張大嘴巴說：

「這算什麼回答——！」

憤怒的烏鴉猛敲昌浩的頭，他呻吟著說：

「說得也是……」

可是，他真的不知道為什麼寫不出來。雖然聽起來很像歪理，但非要他說不可的話，就是提不起勁來，沒有心情寫。

該怎麼說呢？總覺得現在下筆，只會寫出空洞的內容。

默默聽著昌浩與嵬對話的朱雀，若有所思地哼哼沉吟著。坐在他旁邊的天一右手按著胸口說：

「昌浩大人，既然怎麼樣都提不起勁來，不如今晚就不要寫了吧？」

昌浩與嵬同時轉向了露出沉穩笑容的天一。

「覺得有什麼障礙，就表示現在不該寫，昌浩大人，您應該也很清楚吧？」

被她這麼一說，昌浩哭喪著臉說：

「討厭啦……」

朱雀揚起了一邊眉毛，昌浩趕緊搖著手說：
「我的意思是我儘可能不往那裡想，可是被戳破不就沒辦法逃避了？」
拿他沒轍的朱雀微瞇起眼睛說：
「你也太不乾脆了，要是騰蛇在，早把你訓一頓了。」
「可是……」昌浩把筆放回硯台盒裡，雙手抱住了頭。「只要等異教法師被誘到替身那裡，把他一舉殲滅，應該就解決了啊！」
他把替身放在愛宕山中當誘餌，這樣的做法沒錯。就那個時間點來說，那麼做是上上之策，沒有人提出異議。
然而，隨著時間流逝，卻有種感覺油然而生，沒有具體形象，模糊不清，只是覺得哪裡不對，體內警鐘大響。
「要是騰蛇在，一定會說『這就是陰陽師的直覺』。」
「小怪不在，你不也說了嗎？」
被調侃的朱雀默默地抿嘴一笑。
昌浩嘆口氣，轉頭對嵬說：
「對不起，嵬，我今天恐怕也寫不出來。」
烏鴉漆黑的身體瞬間鼓脹起來，昌浩不由得向後退了幾步。

赫然張開兩隻翅膀的烏鴉全身戰慄，張開鳥嘴說：

「……都……」

「都？」

「都什麼時候了，你這小子……！」

「所以我跟你說過很多次了，你可以先回去……」

笑得很心虛的昌浩，還以為嵬就要撲向他。

沒想到烏鴉卻突然收起翅膀，像洩了氣的皮球，垂下了頭。

所有人都沒見過烏鴉這種反應，驚訝得直眨眼睛。

烏鴉吶吶地說：

「或許這也是一種試煉吧……」

什麼試煉？昌浩在心中暗自嘀咕。

嵬忽然望向遠處說：

「啊，我心愛的公主，我從來沒有離開妳身邊這麼久過。如果沒有那個煩人的神將介入我們之間，也不會發生這樣的事吧？但我是值得驕傲的道反守護妖，會欣然接受這樣的試煉。我一定會帶著信回去，所以，請妳務必、務必再等我一下……！」

烏鴉好像是賦予自己什麼重責大任，把性子壓了下來。中間好像說了什麼很刻薄的話，但昌浩也不敢追究，因為怕惹禍上身，自取滅亡。
嵬用右邊翅膀指著昌浩說：
「好吧，安倍家的小鬼，你就盡情地煩惱吧！最後你將到達無我的境界，我會從頭到尾仔細盯著你。」
「……」
嵬，你是認為我要走去哪裡呢？
昌浩很想這麼問，卻又不敢問，只能默默地點點頭。
還是少惹嵬為妙。
正在收拾紙張的昌浩，忽然看了木門一眼。
「他們說很快就回來，怎麼還沒回來呢？」
循著他的視線望過去的神將們，苦笑著說：
「再快也沒這麼快啊，才過一個時辰呢！」
「去見愛宕天狗族的總領，免不了要遵守什麼儀式，恐怕要到天快亮時才能回來吧？」
「咦，要那麼久啊？」
昌浩瞠目結舌。朱雀瞇起一隻眼睛說：

「不過，騰蛇能忍到什麼時候就很難說了。」

想起心不甘情不願地出門的小怪，昌浩茫然地望向了遠處。

「是啊……」

小怪說既然昌浩答應了人家，它就不能不遵守約定，所以擺著一張臭臉，跳上了勾陣的肩膀。昌浩向它道過歉，但它什麼都沒說，只瞄了昌浩一眼，發出深深的嘆息聲。

「它那麼生氣，萬一給天狗惹了麻煩怎麼辦？」

昌浩真的很擔心。朱雀和天一看著他那樣子，瞬間互望了一眼。

「昌浩。」

開口的是朱雀，天一以深沉的眼神望著昌浩。

看到他們兩人的表情，昌浩不由得挺直了背。

「你的正直、誠實是無可取代的美德。但並不是所有人都跟你一樣正直、誠實，不管人類或妖魔。」

平靜的聲音中飄蕩著沉重的氛圍。昌浩不禁屏住了氣息。

朱雀直直盯著昌浩，淡淡地說：

「人沒辦法從別人身上看到自己沒有的東西。你可以從天狗身上看到值得你信賴的部分，是因為你也有同樣的東西。但並不是所有人都跟你一樣，會去回應那樣的部分。」

「我並沒有……」

昌浩不由得想反駁，被朱雀舉起一隻手制止了。

「我知道你想說什麼。你並不笨，我相信你都明白我和騰蛇想說什麼。從今以後，希望你不要再跟妖魔做任何約定。」

語氣平靜，卻感覺得出強烈的意志，昌浩只能默默點頭。

「昌浩大人，我們無時無刻不為你著想，請千萬不要忘記……」

天一深深地低下頭，金色頭髮柔柔地向前散落。

昌浩「嗯」地點著頭，心卻已經飛到了愛宕。

小怪和勾陣是不是也跟朱雀、天一有同樣的想法呢？

他自認為都有在防備，但「自認為有」是不行的，這種事他深切體會過。

坐在矮桌上的烏鴉，默默看著悄然嘆息的昌浩。

3

褐色狩衣與深灰色狩褲，解開髮髻的頭髮紮在頸子後面，手上戴著護套。

這身裝扮的昌浩，佇立在黑暗中。

他眨眨眼睛沉吟著：

「唔……」

什麼時候來到了這種地方？

他抓著後腦勺，看看四周。

「我不記得有外出啊……」

放棄寫信，被朱雀他們曉以大義後，他就沮喪地鑽進了被子裡。天狗替嵬做的小床放在他旁邊，嵬也在窩裡面，閉著眼睛縮成了一團。

他看看自己的裝扮，發現是冬天的衣服。這些衣服都還收在衣箱裡，最近季節變換，他正在想差不多該拿出來了。

現在偶爾還會回復秋天的溫暖，所以還不能完全換成冬季的衣服。

「是不是該送冬衣去伊勢呢？」

祖父他們都只帶了秋天的衣服，既然已經確定會再多待一些時日，也許應該把必需品送去給他們。

正這麼東想西想的時候，有東西飛到了他肩上。

「哇?!」

他正要伸手撥開時，發現那是一隻黑烏。

「嵬……嵬嗎？」

停在昌浩右肩上的烏鴉泰然地說：

「正是。」

「你怎麼會在這裡？這是我的夢啊！」

看到昌浩那麼驚訝，嵬噗哧一笑。不過，烏鴉的臉部構造不像人類有那麼豐富的表情，那都是昌浩自己對嵬的感覺。

「我是道反的守護妖，要進夢殿太容易了。」

「咦，是這樣啊。那麼，你來做什麼？」

嵬挺直了背回答他的第二個問題。

「是那個一天到晚變來變去的神將拜託我來的。」

「拜託你來幹嘛？」

——不好意思，能不能麻煩你看著那小子？以免他又在夢殿做出什麼傻事。

很遺憾，我們十二神將都沒有辦法進入夢殿。不管多擔心，都不能在那裡照顧他、保護他。

希望你可以讓他盡量避開危險，不要讓他搖搖晃晃地走在鋼索上——

聽完嵬的話，昌浩蹲下來抱住了頭。

「……」

他嘴巴唸唸有詞，深深嘆息。

然後慢慢抬起頭，茫然地望著遠處說：

「原來我毫無信用呢……」

嵬大驚失色地說：

「昌浩大人，你一直以為你有信用嗎？」

「好過分……」

聽到那麼冷酷無情的話，昌浩露出很受傷的表情，烏鴉卻毫不在意。

「沒辦法呀，神將們一再叮嚀你，你還是破戒兩次，讓他們為你緊張不已。信用一旦失去，就很難再挽回了。」

完全沒有反駁的餘地。

昌浩哭喪著臉，默默點頭。

依然蹲著，遙望黑暗的彼方。

以前，他在這裡見過疾風，也見過風音，還有對疾風施法的異教法師。

異教法師在哪裡呢？

這裡是夢殿，住著神、住著死者。位於現世與幽世①之間，可以見到想見的人。

昌浩忽然想到什麼，站了起來。

「怎麼了？」

昌浩東張西望地環視四周，還豎起耳朵傾聽聲音。

保持這樣的姿態一會兒後，他滿臉失望地垂下肩膀，隨性地跨出了步伐。

「你要去哪裡？」

「我想去一個地方，不過，不知道去不去得了。」

他緩步前行，走走停停，不時張大眼睛確認有沒有障礙物。結果出乎他意料之外，什麼也沒有。

鞋底下的觸感是堅硬的泥土，由於太暗了看不見，所以他蹲下來，將鼻子靠近地

面，聞到乾燥泥土的味道。

「告訴我，你要去哪裡？」

昌浩瞄右肩一眼，然後仰望天空。夢殿的天空沒有星星。

「不久前，我在這裡見過風音。」

「什麼?!真的嗎？公主好不好？有沒有提到我？啊，與那個煩人的神將相關的部分就不用說了，我不想聽。當然，公主沒提起他，就不會聽到了。」

他們閒聊時，的確提起了六合，但昌浩決定不要告訴嵬。

「如果那真是風音，那麼，她應該很好吧！」

嵬知道昌浩迂迴的說法意味著什麼，點個頭說：

「很好，你的細心值得大大讚賞。夢殿是現實與夢幻之間的狹縫，很容易把自己的願望具體呈現出來。」

但很快又換成急躁的表情說：

「那麼，公主說了些什麼？」

「她跟我說了很多關於天狗的事，因為時間不多，沒有提到其他的事。對不起，下次再見到她……」

昌浩還沒說完，嵬就搖著頭打斷他說：

「不用，我很快就會去見公主了，所以拜託你趕快把事情解決！」

「唔……知道了。」

被氣勢壓倒的昌浩趕緊點點頭。

「不過，這夢殿還真暗呢！」

「不是那樣，不是夢殿暗。」

「咦？」昌浩直盯著嵬。

烏鴉淡然地說：

「因為你認為夢殿是暗的，所以才是暗的。當然，也可能是同時間待在夢殿的人，一起想出來的黑暗。」

「這樣啊……」

記憶忽然浮現。聽起來有些黏稠的沉重水滴啪答啪答滴落，逐漸靠近。

想到這裡，昌浩微微一笑。

「我覺得黑暗中有危險的東西，正要發動攻擊時，有隻手從後面伸過來，摀住了我的嘴巴。」

「哦？」

昌浩低頭看著自己的手，瞇起了眼睛。

「手指又細又長……手掌也很小，一看就知道是女人的手。」

不久前，神將朱雀也對他做過同樣的事，所以很容易辨別男女差異。

「後來我就被她拉走了……看到她的長髮，我還以為是某人。」

昌浩握起拳頭，遙望某處，像是在回想當時的情景。

「你有想見的人嗎？」

昌浩點點頭，看著嵬說：

「風音也問了我同樣的話。我知道不可能見到她，卻還是……」

「我可以問你是誰嗎？」

烏鴉難得顯露關懷之情，昌浩苦笑著說：

「並不是不能說的人呀，就是我祖母，我祖父的妻子。」

為什麼會想見祖母，昌浩也做了簡短的說明。

他說祖母一直在邊境河川等著祖父，某月初一他正打算渡河時見過祖母一次，祖母對他諄諄教誨，叫他回家……

「因為祖母的關係，我才回得來，所以如果還可以再見到她，我想為那天的事向她道謝，不過……」他斷念似的乾笑幾聲，茫然地望著遠方說：「仔細想想，那個鐵石心腸的冥官，根本不可能讓還不到死亡時間的人渡過河川……」

而川邊的祖母，也絕對不可能離開那個地方半步。

祖父還不會去她那裡，昌浩也不希望他去，真的不希望。可是一想到祖母的心情，他就會有一點罪惡感，這也是事實。

他不經意地看烏鴉一眼，漆黑的烏鴉居然也一樣眺望著遠處。

「嵬？」

「沒錯……那個高傲、自大、自以為聰明又滑頭滑腦的傢伙！」

「嵬、嵬？發生什麼事了？」

看來，除了昌浩之外，那位老兄也跟不少人有過節。而且最受不了的是，他總是能說得頭頭是道，沒有人能駁斥他。

嵬甩甩頭，一副拋開所有思緒的樣子，爽朗地說：

「安倍昌浩，你到底來這裡做什麼？你必須達到你的目的。」

昌浩疑惑地指向自己。嵬點點頭說：

「沒錯……難道……不是你自己要來的？那麼……」

烏鴉的雙眼閃過厲光。

「是什麼把你叫來的？」

昌浩的心跳撲通撲通加速。

＊　＊　＊

已經半夜三更了，藤原行成家卻還被篝火照得通亮。

有個身影在渡殿奔馳。

臉色發白地在外廊走來走去的行成，看到了從拐角轉過來的敏次，立刻出聲叫喚：

「敏次！」

以最快速度趕來，所以衣服有些凌亂的敏次，邊整理衣服，邊在行成前面跪下來，伏地磕頭。

「對不起！」

在來這裡的路上，使者把事情都告訴他了。以前他送給小千金的護身符突然燒起來，小千金哭喊著好燙、好燙，把護身符丟出去了。雖然沒造成什麼傷害，還是把小千金嚇得一直哭。

跑得上氣不接下氣的敏次把額頭抵在地板上說：

「都怪我還不成氣候，就製作了護身符給小姐……要不然……也不會發生這種事！我真的不知道……該怎麼致歉才好……」

不只伏地的雙手在顫抖，連肩膀、背部到全身都在顫抖的敏次，是全心全意在懺悔。

行成單腳跪下來，把手放在敏次背上。

「敏次，關於這件事……」

「不！請不要安慰我！請嚴厲懲罰我！我願意接受任何懲罰！」

敏次不斷苛責自己。都怪自己太過自信，以為自己有在修行，已經累積了足夠的實力。

陰陽道中，尤其是驅邪除魔之類的特殊法術，不論經驗多麼老道的人，都有可能死於一時的疏忽，據說這種事屢見不鮮。

他以為前輩們的訓示，他都牢記在心了，這就是他太過自滿的地方。

「都怪我還不成氣候，就逞強做出那種自不量力的事……」

強忍著不讓聲音顫抖的敏次，忽然聽到意想不到的話。

「這樣咒罵自己，會把自己罵死哦！」

敏次倒抽了一口氣，這聲音是？

他扭動僵硬的肌肉，抬起上半身，看到臉色有些疲憊的安倍成親正敲打著右肩向自己走來。

茫然不解的敏次仰頭看著成親。
「您……怎麼會……在這裡？」
成親眨個眼睛，開朗地笑著說：
「我只是路過，不用想太多。」
敏次又驚訝地說不出話來，行成解釋給他聽。
「成親是在路上遇到了我派去找你的使者。」
使者有兩人。成親看到馬在路上踢踢躂躂飛奔，馬背上是熟人，就大聲叫住他們，問他們發生了什麼事。其中一人認出是成親，停下了馬。另一個人繼續策馬前進。成親在那人的要求下，直接來到行成家。
來的人不是敏次，而是成親，在行成家引發了一陣騷動。但大家很快就想到這簡直是天助，立刻向主人通報。行成也大感驚愕，心想這是多麼不可思議的巧合啊，不禁由衷感謝神佛。
敏次還是一臉茫然，成親在他前面蹲下來，把手伸向了他。
突然，他在敏次的額頭上彈了一下。
「痛……！」
尖銳的疼痛讓敏次完全清醒了。

敏次把慘叫聲硬吞下去，按住了額頭，沒想到這麼痛。

「成親大人，實經他……」行成臉色蒼白。

成親的表情頓時緊繃起來。看到他那樣子，行成的臉色更蒼白了。

「實經他……」

成親舉起一隻手打斷行成的話，平靜地說：

「他發高燒，意識不清。另外，右肩關節的地方出現了原因不明的斑疹，而且摸起來很熱。」

思緒逐漸清楚，聽著他們對話的敏次疑惑地問：

「呃……不是小姐……是公子？」

兩對視線同時投注在敏次身上。成親點點頭說：

「實經公子生病了，原因不明。」

「那小姐呢?!」

被敏次緊緊抓住手臂的成親沉著地瞇起眼睛說：

「她沒事。你給她的護身符成為替身，保護了小姐。」

「啊！」

敏次倒抽一口氣，轉頭望向行成。臉色慘白的行成也平靜地點著頭。

全身虛脫往下沉的敏次覺得雙腿發軟，必須靠手肘支撐才能挺住上半身。

「太好了……！」

就在鬆一口氣的同時，眼角發熱，視野也模糊了。他慌忙按住眼角，連眨好幾下眼睛，忍住不掉下淚來。

宛如吐光肺中所有空氣般大大吁口氣後，敏次才感覺到一股衝擊，彷彿頭部被狠狠敲了一下。

「公子出事了嗎?!」

敏次猛然抬起頭，看到成親的臉色驟然變得陰沉。他望向行成，徵求答案，行成以眼神回答他「是的」。

成親催促搖搖晃晃地站起來的敏次跟著他走，轉身離去。

「成親大人，發生了什麼事？」

「其實我也不是很清楚。」

他們走向通往對屋的渡殿。那間對屋離前幾天被掉落的星星撞毀的釣殿最遠，是行成的嫡長子實經的房間。

對屋被好幾個侍女擠得水泄不通，跟著成親進入屋內的敏次，被屋內點燃了無數燈台的異樣氣氛嚇得屏住了呼吸。

「好熱……？」

已經冬天了，屋內卻充斥著滯悶的熱氣。那種異常的熱度，不只是因為屋內擠滿了人。

「在那邊。」

敏次往成親指的地方望過去，驚訝得說不出話來。

三歲的實經躺在床上，額頭上敷著濕毛巾，身上蓋著一件白色單衣，露出肩膀。裸露的肌膚滲著汗水，呈現發燒時特有的明顯紅色。

最令敏次訝異的是，從右肩關節到肩膀的地方有一片深紫色的斑疹，很像遭受嚴重撞擊時留下的瘀青，但一看就知道跟瘀青不一樣。

那是像斑點圖案般的異常斑疹。

敏次咕嘟清清喉嚨，戰戰兢兢地說：

「成親大人，這到底是……」

「大家正為小姐的事亂成一團時，這邊的奶媽就驚慌失色地跑來通報了。」

——公子的樣子不太對勁……！

睡覺中的奶媽被寢殿的嘈雜聲吵醒，起來看發生了什麼事，赫然發現外廊那邊的木門打開了。睡前她明明有關好，不知道為什麼敞開了。

她臉色發白，擔心地跑出去看，卻沒看到公子，趕緊望向被屏風圍住的床舖，看見了小小的身軀。她才剛鬆口大氣，就發現了異狀。

公子趴在被子上，臉側向一邊，呼吸十分急促。

奶媽慌忙抱起他，發現他在發高燒，身上的單衣已經被汗水浸濕了。奶媽心想這樣不行，正要替他換衣服時，看到他右肩關節處變了顏色。她輕輕摸了一下，發現那地方特別燙，而且，公子還倒吸了一口氣，表情非常痛苦。

她趕緊叫人來，可是大家都忙著處理寢殿的突發狀況，沒人回應。

她只好先幫公子換衣服，儘可能不要碰觸到斑疹。然後把被子拉到公子的肩膀位置，再去向主人夫婦通報異狀。

不久後，侍女們就被派來對屋，行成夫婦也隨後趕到。奶媽也跟敏次一樣，立刻伏地磕頭向主人夫婦們致歉。

不知道是生病還是碰到什麼妖氣，產生了異狀，大家正忙著找藥師來確認時，不曉得是幸還是不幸，就來了陰陽寮的曆表博士。

後來行成常說，博士就像及時雨，來得正是時候。

「那麼，公子為什麼會那樣？」

在對屋裡不方便說話，兩人移到外廊。剛才成親說的「替身」讓敏次很憂心，他壓

低嗓門詢問。

「依我判斷，應該不是一般疾病。那些斑疹，看起來像是中了什麼法術。」

成親進行驅邪除魔的儀式，去除了附著在表面上的陰氣。但是，熱度沒消退，還在慢慢擴散中。

「那麼……總不會是……」

敏次差點脫口而出，被成親伸手制止了。

「好了，別說了，不要隨便製造言靈，大有可能惹來正好經過的妖氣。」強大的妖魔，即使沒有惡意，人也可能碰到它的妖氣就產生異狀。

敏次羞愧地低下了頭。

「沒錯……我太欠思慮了，真沒用……」

看到敏次握緊拳頭，咬牙切齒、懊惱不已的模樣，成親瞇起眼睛，舉起了右手。

聽到啪嘰一聲，敏次頓時覺得腦中火花四濺。

「痛、好痛……！」

敏次淚眼汪汪，按住了額頭。成親悠悠地對他說：

「我不是叫你不要咒罵自己嗎？你的心藐視你自己、折磨你自己、貶低你自己，比被差勁的術士施法更棘手。」

成親擺出彈指的姿勢，對啞然無言、滿臉尷尬的敏次微微一笑。

「我也常這樣對我小弟，很有用吧？」

敏次看著他彈得啪唏作響的手指，點了點頭。

早在很久以前就渡過冥河的敏次的哥哥，味道跟成親有點像，但沒有這樣捉弄過他。敏次有時會想，如果哥哥還活著，說不定現在也會跟他鬧著玩。

一直以來，他都很羨慕有兩個哥哥的昌浩。

「我剛才不是說過了？幸好小姐沒事，因為你的護身符燒掉了。由此可見，是那個護身符幫她承受了什麼邪氣。」

她沒發燒、沒出現斑疹，所以是護身符承受了一切後，燃燒淨化了。

「你做的護身符是式嗎？」

不但承受災難，還當場燒毀，不留下痕跡，所以應該是具有相當的力量與自我意志。

敏次搖頭否定成親的說法。

「不，沒有那麼厲害。我只是注入了我虔誠的祈禱，希望遇到災難時，可以成為小姐的替身。」

「那就是道地的式啦！你的法術進步很多呢，敏次。」

敏次猛然抬頭一看，成親正衝著他笑，那張臉瞬間與他懷念的臉交疊了。

——你很不簡單呢，敏次，努力得甚至有點過了頭……

他彷彿聽到有個聲音那麼說。

「……謝謝。」

只擠出這兩個字，敏次就把嘴巴抿成一條線，用力地掐鼻皺眉。

因為他怕現在一開口，就會說出什麼無法挽回的話。

他不斷告訴自己保持平常心、保持平常心，然後改變了話題。

「我們該怎麼做，才能讓公子好過一點？」

成親面有難色地說：

「已經做了驅邪除魔的儀式……再來只能唸痊癒的咒語或祈禱了。」

配合症狀選擇藥物、調製藥物，是藥師的工作。而陰陽師被賦予的任務，是去除其他的所有影響。

敏次挺直了背脊。

「是，那麼我去請示行成大人後，立刻做準備。」

成親嚴肅地對向來明快俐落的敏次點點頭說：

「嗯，希望不會糟到需要動用陰陽師。」

敏次一鞠躬轉身離開，匆匆趕去見行成。這件事應該交給他就行了。

然而……

成親望向對屋，觀看小公子的模樣。

有件事讓他耿耿於懷。

不見消退的高熱，慢慢擴散的異常斑疹。

最近他好像在哪裡聽過類似的症狀。

到底是在哪裡呢？

小怪的陰陽講座

①幽世是永遠不變的神域，也有死後世界的說法。

4

黏稠的沉重感忽然增強。

響起水滴啪答啪答滴落的聲音，慢慢、慢慢地逼近。

昌浩屏住了氣息。坐在他右肩上的烏鴉也繃緊了神經。他按著烏鴉的背，定睛凝視。

怎麼也無法驅散黑暗。在夢殿裡，到底能不能使用暗視術呢？

氣息如此異常，十有八九是異教法師。但是，昌浩只見過他的法術，並沒有見過他本人。十二神將與愛宕的天狗們也都沒見過。

唯一的目擊者是擔任疾風護衛的飄舞。

它是愛宕天狗族的第一高手，被異教法師打成重傷，在生死邊緣徘徊了一段時間。

最後，不知道是靠過人的意志力，還是靠天狗強韌的生命力，飄舞活過來了，完全康復了。現在還是跟以前一樣，擔任疾風的護衛。

昌浩後退一步，小聲對嵬說：

「危急時，你馬上離開這裡。」

烏鴉橫眉豎目，但跟昌浩一樣壓低了嗓門說：

「不行！不要小看我道反守護妖！」

昌浩說不是我小看你，是你坐在我肩上，會妨礙我的行動，最好可以從我肩上飛走。

烏鴉聽完，稍微動了動翅膀。

「哼，這種事我當然知道！也不想想我跟公主……」

「知道了，以後再聽你說。」

昌浩打斷烏鴉，讓它安靜下來，把注意力集中在黑暗中。

怎麼樣才能驅散這片黑暗呢？看不見太不利了。

有東西移動的嘶嘶聲傳入耳裡。

很近。

昌浩屏氣凝神地尋找聲音來源。到底在哪裡？

在撲通撲通的心跳聲中，昌浩與嵬同時瞪視著黑暗前方。

「……術……士……那個法術……是你施放的？」

響起陰森的低囔聲，冷冷掠過背脊。

昌浩全身起了雞皮疙瘩，擺出防備的姿態。他知道不能隨便回應。

黑暗前飄散著嘲諷的味道。

「沒錯……隨便應答，會被奪走力量、生命……」

在一片漆黑中，彷彿看得到一張扭曲變形的猙獰面孔。

寒慄不時窸窸窣窣地爬上脖子，是本能發出了警告。這個法師在三百年前吃下了天狗的女性和小孩，經過長時間的焠鍊，已經擁有超越想像的力量。

現在的昌浩正處於脫離實體的狀態。那種感覺，就像祖父晴明以離魂術讓魂魄脫離軀體。在這種時候若真的打起來，非死即傷。

他用藏在袖子裡的右手結刀印，保持警覺。

右肩忽然一陣疼痛，是停在上面的烏鴉把爪子嵌入了肩膀。昌浩瞥向烏鴉，發現它兩隻翅膀微張，眼睛眨也不眨地瞪視著黑暗前方，散發出來的妖氣冷峭鋒利，寒氣逼人。

嵬雖然體型嬌小，卻如它自己所說，是名副其實的道反守護妖。

不知道這樣對峙了多久。

異教法師沒有任何行動，昌浩猜不透他的意圖，焦躁起來。
忽然，黑暗中浮現清晰的陰影。
「是異教法師嗎？」
張開鳥嘴的烏鴉才剛往前衝，就猛然煞住了。
浮現的是小孩子的身影。
昌浩瞪大了雙眼，他認得那孩子。
「小公子?!」
那是藤原行成的嫡長子實經。
昌浩不知道這是怎麼回事，忽然聽見嵬緊張的尖叫聲。
「哇，那是……！」
昌浩望向嵬用一隻翅膀指著的地方，不禁懷疑自己的眼睛。
躺在床上的孩子，被子拉到胸口附近。額頭上放著白毛巾，表情痛苦扭曲，不斷發出呻吟聲。一看就知道孩子正在發高燒。裸露的小肩膀滲著汗水，右肩關節處冒出奇怪的深紫色斑疹。
昌浩見過那樣的斑疹。身中異教法術的疾風，壞死的翅膀關節部位也有同樣的斑疹。

心臟不正常地狂跳起來。他慌忙搖頭，告訴自己不要被騙了，這只是異教法師虛構出來的幻覺，企圖讓他產生動搖，再攻其不備。

「這可不是幻覺哦！」

那聲音像是能看透人心，教人不寒而慄。

「你……你說什麼？」

昌浩不由得低喃，凝視著實經。

像污漬般一點一點冒出來的斑疹，從右邊鎖骨一直緩緩擴散到上胳膊一帶。那些斑疹像擁有自己的意識般蠢蠢蠕動著，侵蝕著小孩粉嫩的肌膚。

瀰漫著陰森、恐怖氛圍的哄笑聲響徹黑暗。

昌浩的肩膀顫動了一下。沒站穩的嵬猛然飛起，拍振兩隻翅膀，飛到了他左肩。

「你要冷靜，心志動搖就中計了。」

「我、我知道！我都知道，可是……」

為什麼異教法師會把實經當成標靶呢？那孩子跟天狗完全沒有關聯。

不，也不是完全沒有關聯。是實經撿到從愛宕鄉被帶走的疾風，收留了它。雖然時間很短暫，但的確一起生活過。倘若有疾風的羽毛掉在那裡，而異教法術不是轉移到替身，而是轉移到羽毛上的話……

飄浮在黑暗中的實經，身上的斑疹又擴大了一些。發高燒意識不清的孩子發出微弱的呻吟聲，晃動的左手像在尋找什麼。右手好像是不能動了。

「術士……你狡猾的手段騙不了我的……」

異教法師冷嘲熱諷的低嚷緊緊纏繞著昌浩。

「想救這孩子……就不要管天狗的事……」

「什麼?!」

昌浩愕然瞪大眼睛，異教法師又重複說了一次。

「不要管天狗的事……否則……這孩子就會被異教法術吞噬……」

在黑暗中，彷彿可以看到嘴巴奸笑成月牙形的異教法師。

烏鴉代替啞然失言的昌浩，暴躁地斥喝：

「少說大話，你不過是個墜入邪魔外道的修行者！」

剎那間，異教法師散發出來的氣息驟然改變。空氣緊繃起來，刺骨的敵意與殺機如浪潮般湧向了昌浩他們。

砰的一聲，實經的影像碎裂了，因為映出那個身影的異教法師的法術被解除了。

昌浩結起手印。

「嗡阿比拉嗚坎夏拉庫坦！」

迸發出精粹的靈力。
異教法師歇斯底里地哈哈大笑。
「啊，太弱了、太弱了！」
鼓脹起來的妖氣如海嘯般席捲而來，衝向昌浩的腳底。
腳步踉蹌的昌浩繼續唸咒語，搜尋異教法師的行蹤。
「南無馬庫桑曼答、巴沙啦旦、坎！顯達瑪卡洛夏打索哈塔亞嗡、塔拉塔坎、漫！」
「那種騙小孩的替身，你再等多久都沒用！」
充滿惡意與狂暴的話語在四處迴旋繚繞。
「在哪裡？」
昌浩轉向聲音特別響亮的地方，從左手做出來的刀鞘拔出刀印，一揮而下。
「萬魔拱服！」
放射出去的靈力如強風過境般，橫掃千軍。
異教法師靈巧地閃過，哈哈大笑。
響起了劇烈的振翅聲。異教法師已經墮落成為魔怪，所以，那是他大開殺戒換來的邪惡翅膀的聲音。

敵人散發出來的邪念捲起沉滯纏繞的風。衣服被吹得啪噠啪噠作響的昌浩，壓住衣襬，聽著詛咒般的話。

「這件事不准告訴任何人，你敢違抗的話，那可憐的孩子就會死。」

異教法師的氣息逐漸遠去。昌浩大叫：

「等等！」

「把天狗的孩子帶來。不是那個替身，是那個真正的天狗……！」

轟然震響的笑聲，在旋風中縈繞回響。

被風纏住而動彈不得的昌浩，四下搜尋著不知何時從他肩膀離開的嵬。

「嵬！你追得到他嗎?!」

響起啪沙啪沙振翅聲，黑影被吸入黑暗中。

風慢慢緩和下來。

定睛凝視的昌浩，聽到翅膀拍打著風的聲音。

他仰面朝上，看到漆黑的影子從風中歪歪斜斜地飛下來。

嵬停在昌浩肩上，氣沖沖地張開了翅膀。

「可惡的邪魔外道！」

看樣子應該是沒追上。

昌浩嘆了一口氣。不能怪它。再說，這裡是夢殿，即使在這裡抓到異教法師，那也只是意念匯聚而成的形體，不是真正的本體。

那個異教法師到底躲在哪裡？

寬剛才把異教法師稱為「修行者」，說他是墜入邪魔外道的修行者。

沒錯，那個淪落為怨靈，滿身都是怨懟、執迷的男人，曾經是待在靈峰潛心修行的人。

昌浩想起風音說的話。

——人墜落邪魔外道，就會變成魔怪。

原本只是想琢磨自己的靈力、精進法術而不斷鑽研的修行者，最後卻落得這樣的下場。

據說是因為過度追求力量，在愛宕鄉行兇，被忿恨的天狗們殺死了。

天狗們和昌浩稱他為「異教法師」，是因為他是使用異教法術的人。這個原本有自己名字的男人，已經忘了自己曾經懷抱的理想，對天狗的憎恨是他僅存的動力。

那麼，他的目的是……

報復殺死自己的天狗嗎？

「……」

昌浩掩住嘴巴，微微顫抖。

若現在解除替身的法術，異教法術就會瞬間轉向疾風。一旦被已經轉移到替身的力量回擊，虛弱的天狗之子恐怕不堪一擊。

心臟怦怦狂跳的昌浩，眼睛眨也不眨地盯著半空中，佇立不動。

他答應過，一定會解除異教法術，拯救疾風。

他答應過颯峰，也答應過伊吹。

——一定要救它哦！

小小的實經也是一再拜託他，含著眼淚目送他們離開。

昌浩覺得整個世界都在搖晃。

嵬看到他站不穩快倒下了，用翅膀輕拍他的臉，厲聲斥責他：

「振作點！再怎麼說，你都是安倍晴明的接班人，不要這麼沒用！」

「爺……爺爺！」

昌浩咬緊了嘴唇。

他該怎麼辦呢？實經是人類，遠比疾風更容易受到異教法術的傷害。

可是他不能把疾風從愛宕帶出來，也不能解除替身的法術。那麼做，疾風就會喪命。

而且那麼做，等於是背叛終於相信了他、相信了陰陽師的颯峰。

「喂，不要慌成這樣嘛！被說幾句就大亂陣腳，不是正中敵人下懷嗎？」

嵬用翅膀啪吵啪吵敲昌浩的頭，劈哩啪啦地說：

「不要相信異教法師的陰謀！不要聽邪魔外道的話！知道了嗎？」

「……」

臉色蒼白的昌浩默默點點頭，做了個深呼吸。

當務之急，就是先確認異教法師說的話是真是假。

昌浩雙手抓起烏鴉，與它的視線相對。

「幹嘛？」

「神將們很可能已經察覺異狀了。」

朱雀和天一都代替小怪，坐在昌浩沉睡的軀體旁邊。如果在夢中發生什麼事，從表情和呼吸就可以看得出來。他們沒有把他叫起來，是因為有嵬跟著他，現在他們一定也正仔細觀察著他。

「異教法師說的話，絕對不能告訴他們。」

「為什麼？」

「如果那些話都是真的，我怕行成大人家的公子會有危險。」

烏鴉把身體鼓脹起來，張開鳥嘴想反駁，但是被昌浩的眼神懾住，閉上了嘴巴。

瞬間洩了氣的寃，還是覺得不服，瞪視著昌浩。

「在確認之前我可以不說……但證明他在說謊後，一定要告訴神將和天狗們！知道嗎？」

昌浩邊點頭答應兇巴巴的烏鴉，邊想著其他事。

疾風和實經，他都要救。但是，做不到時該怎麼辦？

在最糟的狀態下，自己該選哪一邊？

小怪怒目橫眉的模樣忽然浮現腦海。

耳邊響起一再提醒他「不可輕易給他人承諾」的話。

昌浩承諾過天狗，一定會救疾風，萬一沒做到，就會遭到報應。這就是承諾，履行諾言變成了義務。

然而，就在前些日子，昌浩才對小怪說過心中的想法。

——我想儘可能不傷害任何人、不犧牲任何人，成為最頂尖的陰陽師，我會做給你看。

可能的話，他不想犧牲任何人。但必要時，還是得選擇什麼、捨棄什麼，他確實是這麼想的。

「可是……為什麼偏偏是現在、偏偏是這種事呢！」

昌浩喃喃唸著，低下頭，緊緊抱住了烏鴉。
突然被抱住，烏鴉慌張得拳打腳踢試著掙脫，過了一會才停止抵抗，好像放棄了。
它忽然想起來。
每次發生什麼事，這孩子就會緊緊抱住那個神將變成的怪物。
原來自己成了天狗口中那個白色變形怪的替代品了。
雖然不甘願，可是自己才剛宣示會陪他共度難關，現在推開他，會良心不安。
自以為是的烏鴉咳聲嘆氣，心想，就讓他抱到滿意為止吧！

✖ ✖ ✖

人界應該快天亮了。
在面對庭院的走廊上，颯峰仰望著天空，聽到開門聲而回過頭看。
「颯峰。」
出來的人是母親，它一直陪在疾風身旁。
「母親，有什麼事嗎？」
「疾風大人在找你。」

「疾風大人？」

颯峰慌忙經過母親身旁趕去。

屋內最裡面的房間，就是前幾天昌浩去過的疾風房間。小小雛鳥躺在棉花填充而成的小床鋪上，旁邊圍繞著好幾名侍女。

颯峰對讓座的侍女低聲道謝，單腳跪在榻榻米上。

「疾風大人，我是颯峰。」

看起來昏昏沉沉的雛鳥聽到叫喚聲，睜開了眼睛。

「啊，颯峰……」

颯峰在面具下眉開眼笑。

好久沒聽到疾風這麼有力的聲音了，它鬆了一口氣，胸口也熱了起來。

昌浩的法術的確奏效了。雛鳥中的異教法術被轉移到替身上，扔到愛宕山中了。

只要異教法師把那個替身當成疾風，被引誘出來，就會掉入陷阱。昌浩打算由十二神將來殲滅異教法師。

疾風吃力地看著動也不動的翅膀，愁眉苦臉地說：

「不能動呢……我是不是不能飛了？」

看來是使盡了吃奶之力，連脖子都在顫抖，可是壞死的翅膀還是動也不動，只有身

體隨著兩隻掙扎的腳抖動著。

「我不能飛……父親會難過。颯峰、飄舞和伊吹也會……」

悲哀的聲音刺痛著颯峰的心。

它搖搖頭說：

「不會、不會，請放心。如果是異教法術引起的壞死，只要解除法術，就一定會復元。」

雛鳥看著颯峰，憂心忡忡地說：

「真的嗎？」

颯峰用力地點著頭說：

「是的，所以疾風大人一定要早點好起來。到時候，颯峰會再帶著疾風大人飛上天空。」

「嗯，沒錯……我要趕快好起來……」

「對，要趕快好起來。」颯峰鄭重其事地說：「你不是對那個人類的孩子說過，等你好起來要去見他？」

「嗯。」雛鳥吃力地動動脖子說：「可是……我是天狗，人類說不定會怕我……」

而且大家都討厭人類，它怕說要去見人類的孩子，大家可能會又生氣、又嘆息。

疾風年紀雖小，卻有身為下任總領的自覺。未來的總領必須保護愛宕的人民，可以做出違反人民意願的事嗎？

颯峰思考著，該如何安慰小小心靈受到折磨的疾風。

直到現在，颯峰對於人類還是有所顧忌。但是，在人界與安倍昌浩這個陰陽師接觸後，它的想法正慢慢改變中。

「疾風大人，我還是不喜歡人類……」

雛鳥看著颯峰。它的眼睛藏在面具下，但疾風知道，那雙眼睛總是那麼溫柔。

「但是，人類也有千百種。我想那個陰陽師……那個叫安倍昌浩的人，應該還值得信任……」

疾風微微斜著頭，眨了眨眼睛。

「陰陽師……」

在那孩子的家遇見他時、在夢中遇見他時，他都坦然直視著自己。

疾風是魔怪，擁有遠遠超出人類的力量，再加上年幼單純，即使想隱瞞身分，也會一眼就被看穿。

「陰陽師……也許真的是那樣……可是，那位公子……」

颯峰聽到疾風那麼說，把手放在胸口說：

「那麼，疾風大人，我去幫你鑑定他是怎麼樣的人吧。」

「咦……怎麼鑑定？」

雛鳥張大眼睛問，颯峰無言以對。

它沒想那麼多，只是一心想消除疾風的煩惱，就脫口而出了。

天狗突然出現，問一個小孩怕不怕天狗，想也知道結果會怎麼樣，颯峰絕對沒那麼笨。

「這、這個嘛……」

正支支吾吾時，聽到低笑聲，颯峰轉過頭看。

聽著兩人交談的侍女們都用袖子掩住嘴巴偷笑著，母親也在那裡面。

颯峰覺得很難為情，端正坐姿說：

「疾風大人，在你康復之前，我會想出辦法。所以你好好休息，讓翅膀可以早點動起來。」

疾風噗哧笑了。

「我會的。還有……」疾風的視線掃過屋內一圈，神色不寧地說：「飄舞呢？它一次都沒來過，是傷勢還沒好嗎？」

「真的嗎？」

驚訝的颯峰以眼神詢問侍女們，它們都默默點著頭，只有母親開口說：

「不知道是不是怕打擾疾風大人，飄舞一次都沒來過。也可能是覺得，沒臉見疾風大人……」

它沒能阻止異教法師，讓疾風被帶走，自己也被砍傷昏迷。儘管現在疾風回到了鄉裡，它可能還是非常自責沒有盡到護衛的職守。

與十二神將刀劍交鋒，意圖殺死陰陽師的同袍的身影，浮現颯峰腦海。

飄舞想得到力量。

那樣的想法，不是跟以前血洗愛宕的異教法師一樣嗎？

天狗雖被稱為異教法術，但並沒有墜入邪魔外道。

疑惑不解的颯峰神色變得凝重。

「颯峰？」

憂慮的聲音喚醒了颯峰，他告訴自己怎麼可以讓疾風擔心呢？

「不用擔心，飄舞一定是覺得自己很沒用，不敢來見疾風大人。」

對號稱愛宕天狗數一數二的高手來說，那是一大恥辱。

然而，它已經拚了命對付異教法師，保護下任總領，大家對它只有安慰，完全沒有責怪它的意思。

「飄舞可能是無法原諒自己。它生來就是硬脾氣，話又少，本來就很容易被誤解……」

疾風看著說得結結巴巴的颯峰，眨眨眼睛笑了起來。

「颯峰，你很了解飄舞呢！」

「啊？沒有啦，不是那樣。我只是因為跟著飄舞學劍，又跟飄舞一起擔任護衛的工作，所以比其他人有機會接近它而已。」

「我也一直在等它，雖然有點怕它……」

它總是若即若離地跟在疾風身旁，隨時注意疾風的安危。

「飄舞一定是待在我看不見的地方。所以，下次你見到它時，叫它來見我。」

對於幼小雛鳥的請求，颯峰慎重地回應：

「是，我會轉達。」

這時候，疾風大大喘了一口氣。

才剛醒來就說了這麼多的話，應該是累了。

「颯峰大人，差不多了……」

在侍女們的催促下，颯峰向母親行注目禮，起身離開。

它遵循禮節關上門，嘆了一口氣。

不久前遇見飄舞後，就沒再見到它了。

聽說是應總領召喚，跟伯父去見了總領，那之後就沒再出現過了。

在走廊上邊走邊低聲吟沉的颯峰，遇見手上拿著酒瓶的伊吹。

「伯父。」

獨臂天狗停下來。

「哦，是颯峰啊！疾風大人怎麼樣了？」

「剛才醒來，跟我說了一些話。」

巨大天狗聽了，開心地猛點頭。

「這樣啊，這樣啊，好極了。」

想起颯峰縮著背、椎心泣血地說希望能替代疾風時的情景，欣慰的情感在伊吹心頭蔓延開來。

「是的，接下來昌浩一定會好好處理。對了，伯父，那瓶酒是……」

伊吹正要前往的渡殿是通到東棟盡頭的東屋。

「啊，這瓶酒嗎？變形怪大人被強行帶去那裡，所以我帶酒去給它解悶。」

颯峰瞪大了眼睛。

「什麼?!」

聽到颯峰瘋狂大叫，伊吹露出不知道該說什麼的苦笑。

5

隨著意識慢慢清醒，麻雀的叫聲也愈來愈響亮。

昌浩恍恍惚惚地張開了眼睛，環顧周遭。

天氣真的很冷，所以板窗都關得死死的。

看到昌浩張開眼睛，天一優雅地站起來，稍微拉開了上方的板窗。

寒氣沒有灌進來，是因為天一用神氣擋住了。

內心暗自感謝的昌浩一爬起來，就發現朱雀和坐在他身旁的天一，兩對眼睛都看著自己。

在昌浩枕邊有張小床，窩在裡面的烏鴉也站起來，伸展翅膀，抖抖身體。

昌浩與嵬的視線交會了。昌浩以眼神對嵬說「拜託你了」，嵬也以眼神回他說「不用擔心」。

看到這一幕，朱雀合抱雙臂，感嘆地說：

「感情已經好到可以用眼神互相溝通了呢！」

昌浩雙手捧起嵬說：

「沒錯，它特地進入我的夢裡，真是一隻親切的烏鴉。」

「哼，當然是啦！我說安倍昌浩，你就盡情地煩惱、痛苦吧！然後就可以寫出天地可鑑的感人書信。」

這可就難說了。

昌浩把差點脫口而出的話嚥下去，捧著烏鴉走到外廊上。

冬天的太陽大約在卯時半升起，周邊已經是一片魚肚白了。

由爬上東邊山頭的朝陽來看，應該是將近辰時了。

今天是凶日假的最後一天。沒有意外的話，昌浩從明天開始就可以跟平常一樣進宮工作了。

父親吉昌的凶日假也跟昌浩一樣到今天為止，所以悠閒地吃著早餐。

昌浩與吉昌很難得同時一整天都待在家裡。

「嵬，你知道行成家嗎？」昌浩把烏鴉放在高欄上，壓低嗓門說：「我要你去幫我看看公子的狀況，快去快回。」

「好，你等我。」

嵬答應後，立刻起飛，消失在南方天際。

目送它離去的昌浩在高欄上握起了拳頭。

希望那些都是謊言，或者，真的只是一場夢。

「昌浩。」

聽到背後的叫喚，昌浩不由得屏住了呼吸。

轉頭往後一看，拿著外套的天一正對著他微笑。

他壓抑內心的動盪不安，擠出了笑容。

「嗯，什麼事？」

「這樣站著會感冒哦！披上吧……」

「謝謝。」

昌浩伸手去拿外套，天一微笑著搖搖頭，替他把外套披上了。

「昌浩，不要做出什麼讓天貴擔心的事。」

隨後出來的朱雀緊鎖著雙眉。

「對不起。」

「發生了什麼事？」

「咦……哪有什麼事？」

朱雀的眼睛閃過厲光。

「你的演技還不到家，等你跟晴明一樣精明時再來騙我。」

這是很難做到的要求。

昌浩滿臉苦澀的表情。

朱雀和天一都沒那麼好騙。他們都知道，昌浩前幾天在夢殿遇上了來歷不明的身影，也知道那時候他企圖做危險的賭注。

「你和嵬會這麼意氣投合，是因為在夢殿裡發生了讓你們不得不這樣的事吧？」

朱雀的語氣變得嚴厲。平常，逼問是小怪的責任，現在小怪不在，朱雀就自己攬下來了。

想到這裡，昌浩眨眨眼睛說：

「對了，小怪跟勾陣呢？」

朱雀的臉色更嚴厲了。

「昌浩，不要想蒙混過去……」

「我沒有蒙混，真的，我只是想到他們說最晚早上會回來。」昌浩趕緊搖著手辯駁，順便問天一：「總不會是去大空那兒了，不在這裡吧？」

天一看朱雀一眼。朱雀臉上寫著滿滿的無奈，手按著額頭嘆息。天一看到他那樣子，才開口說：

「你說得沒錯，他們兩人都還沒回來，我和朱雀也覺得很奇怪，不知發生了什麼事。」

昌浩有種不好的預感。

「不會真的跟天狗吵架了吧？」

「怎麼可能。」朱雀立刻笑笑說：「騰蛇再怎麼樣都不可能做出對你有害的事。」

「可是他那麼生氣……」

昌浩覺得自己有責任，朱雀拍拍他的肩膀，很肯定地說：

「就算你的擔憂成真，頂多也只是天狗們被痛毆一頓，騰蛇和勾陣都不可能會有生命危險，放心吧！」

「……」

那樣也不太好吧？

聽了朱雀俐落的評斷，又有跟剛才不同的另一種憂慮湧現心頭。

昌浩悄悄瞄了天一一眼，看到她微笑著默默點頭，不知道是同意朱雀說的話呢？還是在告訴他不需要擔那種心呢？還不夠成熟的昌浩，無法掌握她心中的想法。

還要花幾年的時間才能做得到呢？是不是祖父就能確切掌握呢？

十二神將們都很有個性、自由奔放。昌浩深深覺得，可以掌握這一切，適才適用，讓神將們的能力發揮到極限的安倍晴明真是個天才。

這時候，烏鴉回來了。

「安倍昌浩啊。」啪唦啪唦飛下來的嵬停在高欄上，抬起鳥嘴指向遠處說：「很快就會有客人來，是你哥哥，他往這裡來了。」

三對視線都投注在嵬身上。

「哥哥？」

「是成親大人還是昌親大人？」天一問。

「上面那個哥哥叫成親吧？他走得很快，應該沒多久就會到了。」

昌浩把身體探出高欄外，往大門望去，疑惑地說：

「怎麼會一大早就來了……」

忽然，昌浩想到，那個哥哥跟藤原行成的關係比他還好。

「總不會是……」

強烈的不安在昌浩心中蔓延開來。

✱ ✱ ✱

十二神將的火將騰蛇，心情壞到極點。

他現在所在的地方，深度與寬度都不到半丈，是一間狹窄的岩石屋。

背後是岩壁，前面是鐵柵欄。

「可惡的天狗！」

「……」

紅蓮暴躁地低聲咒罵，坐在他旁邊的勾陣擁擠地挪動身軀。

這間岩屋在東屋下面，以人界的時間來算，他們被趕進這裡已經超過兩個時辰了。

剛才那聲咒罵，是紅蓮來這裡後的第一句話。

勾陣悄悄嘆口氣，瞄同袍一眼。

看來他有比較冷靜了，應該沒事了。

在此之前，他的情緒十分激動，完全不能交談。

「我不能接受！」

紅蓮靠著岩壁一屁股坐下來。同樣靠著岩壁，弓起一隻腳坐在他身旁的勾陣合抱雙臂，開口說：

「是嗎？我倒覺得這是很合理的處置。」

「哪裡合理了？」

齜牙咧嘴的紅蓮逼向勾陣，被她雙手推開了。

「像你這種充滿敵意、神鬼莫測的傢伙，即使總領天狗想見你，旁邊的親信們也不

可能帶你去見。」

「是它們先做出無禮的舉動啊！」

紅蓮氣得血脈僨張，勾陣拍拍他的肩膀，感慨地點著頭說：

「嗯，你說得沒錯，我同意。可是你既然要吵，為什麼不更明顯地挑釁它們跟你吵呢？這樣比較容易把事情說清楚吧？」

紅蓮瞇起眼睛說：

「向誰說清楚？」

「向天狗和昌浩雙方啊！」

勾陣說得很乾脆，其實心中也一點都不平靜。

紅蓮輕敲岩壁，忿忿地說：

「明明是天狗先挑起了戰端，我只是暗自發誓，有人宣戰我絕對迎戰。」

「你什麼時候變成了這樣？」

勾陣搖頭嘆息。紅蓮哼一聲說：

「就在被那些親信包圍的時候啊！妳有意見嗎？」

「沒、沒什麼意見。不過，」勾陣推開紅蓮的膝蓋，皺起眉頭，擺著臭臉說：「請你退後一點。」

「我沒地方可退了。」
勾陣毫不客氣地對火爆的紅蓮說：
「那就變成小怪的模樣啊！你維持原貌的話，這裡就會很擠。」
同袍的這句話實在說得太過分，紅蓮忍不住反駁：
「那只是我的偽裝模樣啊！如果在這裡的不是我，而是六合或白虎，妳怎麼辦？」
六合的身材跟紅蓮差不多，以體格來說，白虎比較佔空間。
勾陣冷冷地回他說：
「如果是他們，我就默默忍耐，什麼都不會說。」
「妳真是……」
紅蓮深深嘆口氣，眨個眼，就變成了白色異形的模樣。
就在紅蓮變成白色異形的瞬間，空間也變得寬敞了。勾陣不由得放鬆了肩膀的力量，這才發現肌肉在不知不覺中緊繃著，無意識地注入了過度的力量。
看著把腳伸直、放鬆肩膀的勾陣，小怪百思不解地問：
「為什麼連妳都被丟進來這裡？」
「我？」
小怪甩動長尾巴，啪唏拍打地面。冰涼的泥土，蘊涵著淡淡的水氣，很可能是地下

有水脈經過。

紅蓮應天狗的要求顯現原貌之後，大驚失色的天狗們立刻包圍他，用捕縛術把他抓起來了。

聽到「快來人啊」的叫聲，武裝的天狗們全趕來了，氣勢十分浩大。

紅蓮沒有抵抗，任憑它們帶來這裡，成了囚犯。

後來，幾名武裝的天狗逮捕了跟伊吹在一起的勾陣，不容分說就把她丟進了東屋地下的岩石屋裡。

看到鐵柵欄裡的同袍，勾陣大為驚訝。可是看到他劍拔弩張的眼神，怕引起騷動會刺激他的神經，她就乖乖地進去岩石屋了。

「妳什麼都沒做吧？如果是我連累了妳，我道歉。」

沒想到他會說出這麼客套的話，勾陣苦笑起來。

「不，應該不是吧！我想他們可能是認定我沒什麼力量。」

他們以為需要防備的只有紅蓮。

「什麼？」

「既然沒什麼力量，把我們關在一起比較省事。」

「妳不是在桂川把一群天狗打得落花流水嗎？」

「我沒有把它們打得落花流水，只是把它們驅散而已。」

「沒什麼差別吧？」

「差別可大了。總之，天狗們主觀認定女人都是脆弱的，所以它們也是用同樣的觀點來看我。」

小怪啞然無言。

天狗們的主觀認定也許是這樣，可是，看過沿著桂川展開的攻防戰後，怎麼還會做出「勾陣沒什麼力量」的結論呢？

它很想把這麼判斷的天狗們統統找來，問清楚原因。

看到小怪很有意見的樣子，勾陣又接著說：

「我一直待在你後面，所以它們認為全都是你做的吧？」

天狗們的女性觀，讓它們無論如何都拒絕把真相當成事實。

「哦？」

小怪回應得有氣無力，心想天狗們抓住了鬥將中的一點紅，也就是十二神將中的第二兇將，居然是這樣的處理方式。

人類在遭遇超越本身理解範圍的事情時，就會打從心底加以否定或排斥，看來天狗也有這樣的傾向。

若有所思的小怪，過了好一會才開口說：

「也好，既然它們這麼想，就當作是這樣吧！」

對它們來說，這樣反而有利。

小怪搔搔脖子，嘆了一口氣。

勾陣看著它，把手肘靠在弓起的膝蓋上。

「說真的，你幹嘛這麼做？」勾陣瞥一眼夕陽色眼眸的同袍，淡然一笑。「可不要告訴我，你跟他們吵架是因為真的被惹火了。」

小怪抖抖長耳朵，別有含意地瞇起了眼睛。

「一半是真的被惹火了，一半是另有打算。」小怪把尾巴一甩，就跳上了勾陣肩上，壓低嗓門說：「有些事要從裡面才看得清楚。」

夕陽色的眼眸閃過厲光。

「妳想想，異教法師為什麼能進入異境？」

這裡是天狗之鄉，連十二神將都不能隨便進來。

異教法師曾經被允許進入，還居住過一陣子，但現在已經成為天狗們憎恨的仇敵，不可能受邀進入。

那麼，他是如何找到進入異境的道路？又怎麼能瞞過所有天狗，對疾風施法，甚至帶著疾風逃出異境呢？

小怪淡淡地述說，勾陣默默聽著，點頭表示同意。

「所以你才故意挑起事端，留下來觀察動靜？」

「是啊！」

原因絕對不只這樣，但聽起來頗有道理，勾陣就相信了它說的話。

只靠後腳支撐身體的小怪靈活地合抱兩隻前腳說：

「那個飄舞真的很討人厭，就算是為了救疾風，也不該採取跟以前異教法師犯下的罪行同樣的手段吧？」

以天狗們的自尊，會同意採用與它們忌諱的異教法師同樣的手段嗎？

「的確是。」

這麼回應的勾陣，想起飄舞的眼神。

那雙看著昌浩的眼睛充斥著憎恨與憤怒。它說只要吃下陰陽師，它就能得到陰陽師的力量。

只因為對總領的獨子施法的敵人是人類，而陰陽師也是人類嗎？這樣的理論未免太極端了。

「那麼……」

「！」

小怪猛然瞪大眼睛，用前腳摀住正要開口的勾陣的嘴。反應慢它一步的勾陣趕緊環視周遭。

有人從通往地下的階梯走下來了。

即使在沒有亮光的岩石屋裡，天狗的眼睛也看得見。神將們也一樣，所以知道下來的是他們正在討論的天狗。

在鐵柵欄前停下來的飄舞冰冷無情地俯視著他們，視線炯炯逼人。對他們的敵意，露骨得可笑。

跟在飄舞後面的兩名天狗有點眼熟，應該是武裝的看守士兵，看起來比飄舞年輕。

天狗們盯著小怪和勾陣。

「喂，白色那隻。」

小怪抖抖耳朵，回瞪它們，兩名士兵的臉上立刻浮現恐懼的神色，可能是想起了紅蓮的鬥氣，或者是在桂川的攻防戰中受過慘痛的教訓。

不論是什麼原因，總之，它們都對小怪抱持著強烈的仇恨心。

「我們是你們總領邀請來的，卻被你們關起來，你們天狗也太沒禮貌了。」

小怪高傲地撂狠話，勾陣制止它，直接切入了主題。

「總領天狗沒說什麼嗎？它說得沒錯，我們是被邀請來的。等該辦的事都辦完後，我們就會馬上離開。」

勾陣儘可能說得心平氣和，小心措詞，卻發現這麼做毫無意義，因為天狗們的表情說明了一切。

飄舞向其中一名衛兵示意，那個衛兵點點頭往前走，手中拿著細長的布包。衛兵打開了布包，裡面竟是勾陣的武器。

兩名衛兵各拿起一把武器，分別走到鐵柵欄兩旁。

飄舞在胸前結印。

「——喝！」

妖氣迸裂，將岩石屋完全覆蓋。兩旁的士兵同時將筆架叉插入地面。

霎時，筆架叉裡的神氣四射，像是被飄舞的妖力硬逼了出來。

連勾陣都不由得倒抽了一口氣，正要跳起來時，小怪默默用尾巴拍了拍她的背。

「唔……」

她勉強壓住了自己。小怪緊緊抿住嘴唇，瞥她一眼，發出低吼聲。

「你想幹什麼？」

飄舞解除了手印，簡短地說：

「在一切結束前，你們就待在這裡。」

面具下的雙眸閃過陰森的光芒。

「我已經取得總領大人的許可，你們可以放心待著。」

所謂「許可」，是取得長期滯留的許可？還是把他們關在這裡的許可？

「總領大人的身體狀況不太好，所以我們請它延後會面時間，好好休息。」

飄舞用缺乏抑揚頓挫的冰冷口吻一口氣說完後，就催促士兵離開了。

「你們不要插手。」

這句話不是對神將們說的。

小怪和勾陣轉移視線，看到岩石屋的入口處站著兩名天狗。

拿著酒瓶的伊吹滿臉困惑地歪著頭。啞然失言的颯峰站在它後面。

伊吹打破了沉默。

「變形怪大人，請不要認為這樣就是天狗的熱情款待。」

「伯父！這不是現在該道歉的重點吧？」

獨臂天狗拿下用繩子掛在手腕上的酒瓶，把酒瓶和兩個陶杯交給姪子，露出困惑的表情搔著後腦勺。

「可是，萬一因為誤會而破壞彼此的關係，就很難解決了。」

「誤……」

颯峰一陣暈眩。再怎麼想，這都不是「誤會」兩個字可以說得過去的狀況。

拿著酒瓶的颯峰走向飄舞。

「飄舞，你到底在想什麼?!總領大人知道這件事嗎？」

飄舞沒回話，推開颯峰，走出了岩石屋。

粗壯的獨臂伸出來，擋住了飄舞的去路。

飄舞看著前方，不客氣地說：

「我過不去，把這隻手拿開。」

老年天狗緊盯著飄舞，看不出藏在面具下的它到底在想什麼。

於是伊吹默默放下手臂，飄舞就跟士兵們離開了岩屋。

看著它們離去後，伊吹深深嘆口氣，轉身回來，一屁股坐在鐵柵欄前，從颯峰手中拿回酒瓶和陶杯。

不知所措的颯峰也在一旁坐下後，伊吹向神將們低頭致歉。

「對不起。」

小怪嚴苛地瞇起眼睛說：

「針對什麼？針對你們的無禮嗎？還是對囚禁我們這件事？」

天狗抬起頭，苦笑著說：

「變形怪大人真是毫不留情呢！」

「我要是不留情，這棟房子早就燒成一片火海了。」

勾陣知道這句話一點都不假。可以自由操縱地獄業火的騰蛇若真的出手，不只這棟房子，連整個愛宕鄉都會被火焰吞沒。

天狗是魔怪，不受任何約束，而且愛宕的天狗除了極少數外，幾乎都對人類抱持敵對意識。

保護主人是神將的首要任務，如果天狗會危害到主人，他們絕不手軟。

夕陽色的眼眸目光炯炯。

「它叫飄舞吧？依我看，那隻天狗是首謀。」

「什麼……！」

伊吹和颯峰都張口結舌，但很快就恢復冷靜，粗暴地駁斥小怪。

「不可能！」

「伯父說得沒錯，即使有反抗總領的叛徒，那也絕不可能是飄舞！」勃然色變的颯峰欠身向前。「我不能假裝沒聽見，你該知道有些話能說，有些話不能說，請你收回那句話！」

伊吹把氣沖沖的姪子拉回身旁坐好，平靜地斜睨著小怪說：

「我完全贊成這小子說的話。你應該很清楚我們天狗是情深義重的魔怪吧？」

坐在勾陣肩上的小怪說：

「我知道，但這是兩回事，飄舞讓人捉摸不清。」

「你還講！」

年老的天狗第三次把衝動的颯峰拉回身旁坐好，提出了質疑。

「既然如此，我倒要聽聽你為什麼會這麼想。」

接著轉向姪子說：

「你飛去人界，告訴昌浩大人，變形怪大人他們會晚一點回去。」

「伯父！」

颯峰想反抗，但看到面具下隱約可見的銳利眼神，便把話吞了下去。

確定默默離開岩石屋的腳步聲遠去後，伊吹才重新面向神將。

「是你想太多了，即使天地顛倒過來，飄舞也不可能背叛總領大人。」

小怪懷疑地皺起眉頭。

「我不相信，我只知道它企圖走跟異教法師同樣的道路。」

「那是因為……」

「它想殺了陰陽師，取得陰陽師的力量，異教法師不就是這樣取得了魔怪的力量？」

伊吹的表情變得僵硬。

小怪還想繼續逼問，被勾陣打斷了。

「我想請教一件事。」

伊吹隔著面具看著勾陣。

「你跟颯峰都說得那麼肯定，是根據什麼？」

「……」

巨大的天狗忽然疲憊地垂下了肩膀。

它拿起酒瓶，往陶杯裡倒酒。

一杯放進鐵柵欄裡，一杯拿在手上，緩緩張開了嘴。

小怪從勾陣肩膀跳下來。

剛才伊吹隨手就把陶杯從柵欄縫隙放進來了。

於是小怪也伸出前腳，試著碰觸鐵柵欄，卻在快碰到時，爪子就感覺到一股衝擊，被彈飛了出去。

皮開肉綻、鮮血四濺的小怪，舔著從腳底淌下來的血，沉下了臉。

勾陣看到它那樣子，也要伸手去試，被它用前腳輕輕撥開了。

「不要試，只有天狗可以通過鐵柵欄。」

「但它們是用我的武器當媒介啊！」

「不要做沒什麼勝算的賭注。」

小怪斜睨勾陣，不准她反駁，再把視線拉回到伊吹身上。

「好像有什麼深奧的隱情呢，說來聽聽吧！」

6

在愛宕天空飛翔的颯峰還滿腔怒火，氣得全身顫抖。

「竟敢侮辱飄舞……」

飄舞的確不好接近，話又少，所以很容易被誤會，可是把它說成首謀也太過分了。

氣到教人噁心作嘔。

颯峰停在半空中，憤怒地甩著頭。

「懷疑我的同伴，就是侮辱了我們所有愛宕之民！」

颯峰緊緊握住劍柄大叫，怒吼聲淹沒在冬風中。

這樣發洩了一會後，天狗望向天色逐漸轉白的東方天際。

它很氣小怪說那樣的話，也很氣沒阻止小怪的勾陣。但是，這件事應該跟昌浩無關，因為小怪用的是「依我看」這樣的措詞。

直到現在，颯峰都還不是很相信人類。但是它相信，陰陽師安倍昌浩為了救疾風所做的努力應該是真的。

「對了，替身怎麼樣了……」

它環視連綿的山脈。

應該就在那一帶。森林裡有個地方，像被挖過般空出了一塊，那是神將們與飄舞激戰過後的痕跡。

在愛宕的戰士當中，飄舞是具有相當實力的天狗。神將們可以跟這樣的飄舞棋逢敵手，可見實力也難以想像。

颯峰慢慢接近空地，想確認有沒有異狀。如果異教法師在附近出現，就可以當場逮住他，把他打倒。

還怒氣沖沖的颯峰這麼期待，卻完全沒有察覺那樣的動靜。

它有些失望地降落地面，尋找被扔在那裡的替身。

很快就發現目標的它差點叫出聲來。

「唔……」

現在應該在住處療養的雛鳥正蜷縮在那裡，臉部表情痛苦扭曲，還不時發出虛弱的呻吟聲。

正要衝過去時，它赫然回過神來。隨便一個失誤，都可能解除法術。它們好不容易才把異教法術轉移到這裡，疾風也逐漸好轉中。

它調整呼吸，再次環視周遭想確認有沒有異狀，還是沒有任何發現。

這樣的狀況反而讓颯峰心生懷疑。

疾風從愛宕鄉深處出來了，異教法師為什麼視若無睹呢？是不是因為護衛不在身旁，被看出了破綻呢？

「是不是該守在旁邊，偽裝得像一點呢？」

颯峰正猶豫不決時，有個同胞的身影在它背後降落。

颼地颳起一陣風，颯峰轉過頭，出聲叫喚。

「飄舞！」

戴著面具的飄舞看不出表情，但散發著肅殺的氛圍。

這個天狗一直以來都是這樣。颯峰從來沒有見過飄舞的笑容，它總是一副憤世嫉俗的樣子，拒絕颯峰和所有人。

疾風說它有點可怕，這也是原因之一。然而，疾風絕對不討厭飄舞。以一個護衛來說，飄舞是比颯峰還要優秀的男人。

「你怎麼來了？」

「我來看看那個陰陽師有多少能耐。」

聲音也跟平常一樣陰沉。颯峰毫不介意地點點頭，指給飄舞看。

「在那裡，簡直跟疾風一模一樣，太驚人了。」

「哼。」飄舞嗤之以鼻，擺出不屑的姿態說：「那只能欺騙一時，你真的以為這麼做可以救疾風大人嗎？颯峰。」

颯峰無言以對。

「這……」

「看到了吧？」

飄舞的口吻充滿嘲諷，颯峰的語氣也轉為火爆。

「結果怎麼樣還不知道吧！昌浩說過，他一定會救疾風大人！」

飄舞藏在面具下的眼睛之中，似乎閃爍著冰冷的兇光。

被它狠狠一瞪，颯峰的腳就像生根著地般不能動了。

飄舞瞪著比自己嬌小的天狗，而無表情地說：

「人類撒謊就跟呼吸一樣稀鬆平常。」

一陣寒顫掠過颯峰的背脊。

「以前襲擊愛宕的異教法師，剛開始也不是想奪取我們天狗的力量，要不然前代總領怎麼會讓他留下來呢？」

颯峰想反駁，卻說不出話來。是飄舞散發出來的氣勢，把它壓得連喉嚨都緊縮了。

飄舞將視線移向替身，手伸向了腰間的長刀。

「還不知道這東西效果如何，你們就對那個陰陽師深信不疑，太愚蠢了。」
拋出來的話從頭到尾都又冰又冷，不帶一絲情感。
「所以你才把那兩個人關起來？」
颯峰好不容易提出了質疑，飄舞卻不回答。
氣得颯峰反唇相稽。
「總領大人知道這件事嗎？是總領想見他們，允許他們進入異境、進入我們愛宕的！我絕不能讓你毀了這件事！」
飄舞甩開颯峰的手，激動地說：
「我絕對不會讓來歷不明的傢伙去見我們總領！」
「飄舞……」
在啞然失言的颯峰面前，飄舞激動得全身顫抖。
「前代總領和颶嵐大人為什麼都不了解？招惹人類，只會帶來災難！為什麼一再重複這種愚蠢的行為！」把嘴唇緊緊抿成一條線的天狗低聲叫嚷：「萬一跟我一樣的禍害來到了愛宕，該怎麼辦……！」
颯峰愣住了。
飄舞的聲音裡滲著深沉的疼痛與哀傷。

看著同胞暴露出罕見的焦躁與情感的波動，颯峰驚慌失措。

它把手伸出去，又縮回來，視線到處游移。幸好戴著面具，不然它現在的表情一定很可笑。

不知道這樣過了多久。

朝陽漸漸升起，樹木的陰影也慢慢縮短了。

垂著頭、緘默不語的飄舞背向颯峰說：

「必須讓異教法師相信，這個替身就是疾風。」

颯峰反彈般抬起了頭。背著陽光的飄舞側面蒙上陰影，看不太清楚。

「伊吹大人不是叫你去找那個陰陽師嗎？你快去吧！」

言外之意就是身為護衛的飄舞會留在這裡。

颯峰咬緊嘴唇，點點頭，裝出開朗的聲音說：

「那麼，疾風大人就拜託你了。」

飄舞回以沉默。颯峰不禁苦笑起來，心想飄舞就是這樣。

轉身面向京城的颯峰忽然想起一件事，轉頭往後對飄舞說：

「對了，飄舞，疾風大人康復後，我們再來比劍吧！」

背後傳來飄舞的回答。

「你想增加失敗的紀錄嗎？」

「不！這次我一定會贏！」

這麼宣示後，颯峰飛上了天空。

它用力拍振背上的黑色翅膀，俯瞰逐漸變小的飄舞。

沒錯，颯峰一次都沒贏過。這是理所當然的事，因為飄舞是它的劍道老師。

而飄舞的劍道老師，是已經辭世的前代總領。

總領天狗必須文武雙全。總有一天，身為護衛的飄舞和颯峰也要教導疾風劍術。

在那天到來之前，颯峰即使不能與飄舞並駕齊驅，也必須進步到三次贏一次的程度，否則無法成為疾風的榜樣。

無論如何都要先贏高手飄舞一次。

「對了，在疾風大人康復之前，每天都偷偷跟伯父練劍吧！」

伊吹現在是退休了，以前可是大家口中的愛宕第一強人。聽說身為當今總領護衛的伊吹受過非常嚴格的鍛鍊。

「決定了。」

飛向朝陽的颯峰，心情一片開朗，有如萬里無雲的天空。

＊　＊　＊

剛過辰時，成親就來到了安倍家。

他先去見吉昌。

「父親，早安。」

今天是最後一天的凶日假，為了明天一到陰陽寮就能快速處理完堆積如山的工作，吉昌正在安排進度。

「這麼早來，真難得呢！」

驚訝的吉昌趕緊招呼長子坐下來，闔上手中的書。

成親在坐墊坐了下來，望著南楠建築，發出了感嘆聲。

「進門時我就看到了，幾乎全毀的房間竟然完全修復了，好驚人啊！」

他轉頭看著父親，又爽朗地笑著說：

「而且才花一天的時間。」

吉昌板起了臉。

「你想說什麼？」

成親從懷裡拿出書信，悠悠地說：

「很多人看到木材從天空飛過，在城裡傳得沸沸揚揚，說是從西北山頭飛過來……」

京職和檢非違使都收到了很多目擊者的通報，不只貴族，連市井小民都說看到無數的木材直直往前飛，橫越京城，飛過宮殿上空。

吉昌接過書信，有種不祥的預感。

發信人是他的哥哥──陰陽博士安倍吉平。

「所以呢？」

吉昌硬著頭皮催兒子繼續講。成親望著遠處說：

「我心裡多少有個譜，可是也沒想到事情會演變成這樣。」

「怎樣？」

吉昌訝異地問。成親嘆著氣說：

「關於爺爺的傳說，好像又多了一件。」

「什麼？」

為什麼這種時候會出現人不在京城的晴明的名字呢？

「你爺爺人在伊勢，宮裡的人不是都知道嗎？」

「當然知道，就是因為他人在伊勢，才會變成傳說啊！」

成親的笑聲裡夾雜著無奈。

內容如下：

聽說他人在伊勢，卻對家中大事瞭如指掌，派式神砍伐山中林木送回來。

聽說那個式神是向伊勢的神借來的。

不對，聽說是使喚了愛宕的神。

不對、不對，安倍晴明是變形怪的孩子，派來的當然是變形怪。

聽說那些木材是靠風伯的風送到了安倍家。

啊，我有看到，好多粗大的圓木排成一排，飛過天空。

聽說安倍家使用那些木材，一晚就把房子修復了。

何止是修復，還修得固若金湯呢！聽說任何妖魔鬼怪都摧毀不了。

這樣啊。

不愧是安倍晴明。

在那麼遠的地方，還能做到這種事。

他絕對不是一般人，是變形怪。

「……」

聽著這些話，吉昌默默地拿起身旁的書，一頁頁翻來翻去。

成親盯著父親怎麼看都像是在逃避現實的動作，感慨地合抱雙臂說：

「我也覺得有點誇張，可是又覺得爺爺的確有可能做得到，所以沒辦法否認那些傳言。」

這一點吉昌也一樣，覺得父親搞不好做得到。

可是……

吉昌按著額頭，深深嘆口氣，半瞇著眼睛說：

「他在家也就罷了，居然連不在家都被傳成這樣……」

「不，就算是在家，大家會相信這種事還是有點誇張。」

安倍晴明的次男吉昌瞥兒子一眼，回他說：

「有什麼關係呢？總比引起不必要的騷動好。」

如果被當成妖魔肆虐，鬧得滿城風雨，可能會來一堆收伏妖魔的僧都②，或是來一堆進行修禊儀式以去災解厄的神官。被傳成那樣，總比這樣好多了。

成親眨眨眼睛說：

「父親，您還真認命呢！」

吉昌狠狠瞪了成親一眼。

「這都要怪誰呢？你忘了是誰跟你伯父聯手，把所有信件都推給了我嗎？」

「哦，你是說那件事啊！」

看成親沒什麼反應，吉昌皺起眉頭繼續數落他：

「起碼人家給你信，你要自己回覆嘛！已經夠多人寫信給我，要我催你爺爺回來了。」

難得聽到吉昌發牢騷，可見信件的數量不少。

成親哈哈大笑說：

「真是辛苦了，我可以理解。」

「虧你還笑得出來，真是的……」

擺著一張苦瓜臉打開哥哥來信的吉昌，大約看過內容後，低聲沉吟。

「怎麼會這樣……」

「怎麼了？」

吉昌深深嘆口氣，垂下肩膀。

信上說，在凶日假期間，吉昌位於陰陽寮天文部的書桌已經被貴族們的來信淹沒了。

自從木材滿天飛後，收到了更多信件，內容不是要催晴明回京城，而是說既然晴明在那麼遠的地方都能做到這種事，那麼，是不是可以幫他們做做這個、做做那個。

吉平覺得吉昌很可憐，一定處理不完，就把那些信件帶回家，統統燒掉了。

成親瞠目結舌。

「什麼？這麼做好嗎？」

「當然不好，他跟貴族們說，如果這些訊息隨風送到了伊勢，就會收到晴明的回覆。」

如果沒收到回覆，就是風沒有把訊息送到。

到時候可能引發軒然大波，但吉平說的也不無道理。

他說要是真發生了那種事也沒辦法，因為他畢竟不是安倍晴明。

在父親許可下看完信的成親不禁吹了聲口哨。

「不要那麼沒品。」

被父親這樣訓誡，成親滿不在乎地笑著說：

「伯父不愧是爺爺的兒子。」

這算是稱讚嗎？聽在吉昌耳裡，覺得心情很複雜。

成親繼續往下看，訝異地眨了眨眼睛。

信上說，既然發生了木材滿天飛的事，應該再齋戒淨身一段時間，所以又批准了三天的凶日假。

「那麼，昌浩也一樣囉？」

「應該是吧！啊，我的工作……」

抱頭咳聲嘆氣的吉昌，基本上是個老實、勤奮的人，所以要他放這種假，他並不是很開心。

「啊，要不要我叫昌親把父親的工作帶回來？」

弟弟昌親在天文部，直屬於吉昌。其實成親也可以接下那些工作，只是他不太了解細節，所以最好還是交給清楚這些事的人。

「好，拜託你了。」

帶著嘆息這麼說完後，吉昌露出了疑惑的神色。

成親特地送信來是沒什麼問題，可是，不必這麼早送來吧？他大可跟平常一樣，等工作結束後再來。

吉昌提出這個疑問，成親笑笑說：

「沒什麼啦！」

聽起來是不想說明來意。面對言下之意叫自己不要多問的兒子，吉昌只能嘆口氣表示了解。

「那麼，我去找一下昌浩。」

「好。」吉昌看著一如往常悠然離去的長子背影，低聲嘟囔著：「難不成又發生了

什麼事……」

深深吐出不知道第幾次的嘆息後，他又看了一次哥哥的來信。

安倍吉昌有四十多歲了。同年代的人大多送走了雙親，甚至有人自己已經去了那個世界。

儘管如此，在這樣的多事之秋，他還是很想說：

「父親，請早點回來……」

然後，他彷彿聽見晴明笑著回他說：

暫時回不去啦！

一拉開門，昌浩就端坐在他前面。

「哇！」

沒想到會是這樣的迎接場面，成親嚇得往後退。

嚴陣以待的昌浩肺活量十足地開口說：

「早安！有什麼事嗎？哥哥！」

成親看著他認真的眼神，感嘆地聳聳肩，走進房裡，隨便找個地方便坐了下來。

昌浩默默無語，緊盯著哥哥。

該從哪裡說起呢？

成親還在腦中做整理，昌浩就迫不及待地開口問了。

「聽說你有急事找我？」

「聽誰說的？」

沒想到會被這麼反問，昌浩心慌地說：

「呃，是嵬從上空看見的。」

尾隨弟弟的視線找到黑色烏鴉之後，成親豁達地笑了起來。

「哦，是嵬大人啊！您看起來身強體健，實在太好了。」

「哦，您的關心令我深深感動。您看起來也一點都沒變，可喜可賀。」

在房間角落待命，聽著他們對話的朱雀，心想當然沒什麼變啦，明明前幾天才見過面。

昌浩焦躁地挑起了眉毛。

「哥哥。」

「知道了，知道了。」

老是被耍著玩，昌浩真的很不甘心。

看到昌浩不耐煩地板起了臉，成親轉頭對朱雀說：

「不好意思，麻煩你離開一下。」

朱雀眨個眼就隱形了。

原本就已隱形的天一跟著朱雀從房間消失了。等他們的氣息完全遠離後，成親才端正坐姿說：

「我先問你一件事。」

很少看到這個哥哥這麼正經八百的表情，昌浩挺直了背，疑惑地點點頭問：

「什麼事？」

大哥成親鄭重地說：

「你知道行成大人的小公子吧？」

「我知道他……」

就是撿到疾風、給予保護的男孩，應該是叫實經吧？

聽完昌浩的話，成親冷靜地點點頭說：

「沒錯。行成大人家還有一位小千金，前幾天發生意外時，藤原敏次做了護身符給她。」

「哦……」

昌浩給了不置可否的回應，因為他不知道哥哥要說什麼。

成親從昌浩的表情看透了一切，他舉起一隻手，示意弟弟稍安勿躁。

「昨晚好像有妖魔闖入了行成大人家，結果敏次給的護身符燒起來，全家亂成了一團。」

成親正好經過，聽了雜役的話便立刻趕去了。

「小姐沒事，有事的是小公子。」

「咦……」

昌浩的心臟撲通撲通狂跳。

成親發現昌浩的臉色發白，又接著說：

「他發高燒，不停地呻吟。不只如此，右肩關節處還冒出了斑點圖案的奇怪斑疹，正慢慢擴散中。」

「唔……」

昌浩倒抽了一口氣，臉上的表情說明了一些事。

「昌浩，你現在是不是跟天狗有往來？」

成親淡淡地問。昌浩閉緊嘴巴，什麼都不說。

「聽說天狗的雛鳥飽受異教法術折磨，而顯現的症狀跟實經公子很像，是這樣嗎？」

昌浩不由得避開了成親詢問的視線，然後才懊惱地暗叫一聲「糟糕」。剛才朱雀才

告誡過他，他的演技還不到家。

「呃，嗯，可能是吧……」

他試著找話掩飾慌張，卻怎麼也找不到，話接不下去了。

「不能說嗎？那就算了，不過……」

成親用手指抵住下巴，擺出思考的模樣，暗中觀察昌浩。

眼神飄忽不定的昌浩，似乎是很想說什麼，卻又不能說。

應該是有什麼苦衷吧？可是這樣下去，實經會有生命危險，成親還是希望可以套出什麼訊息。

如果出現在實經身上的法術，跟天狗雛鳥中的異教法術一樣，那麼非得盡早破解不可。

「實經公子的病是不是跟異教法術有關？」

「……」

昌浩沒有回答。

而這就是答案。

小怪的陰陽講座

②僧都是管理寺院、統率僧侶的官職名稱之一。

7

昌浩在膝上握緊雙拳，絞盡腦汁思考著。

他不能講。一講出來，實經就會喪命。然而，像現在這樣什麼都不做，法術還是侵蝕著實經的身體，逐漸削弱他的生命。

實經只是受到了牽連，不能讓他這樣死去。

那麼，該棄天狗於不顧嗎？可是這麼做，就違背了承諾。

救疾風這件事，現在已經成了昌浩的義務。而就現況來說，保護實經並不是昌浩的義務。

如果可以找到異教法師的行蹤，直接殲滅異教法師，就可以一併解決兩件事。但找得到的話，就不必這麼辛苦了。也可以讓自己與異教法術同調，但那是自殺行為，會被十二神將阻攔，最好還是盡量避免會危害到自己的做法。

替身的計謀被看穿了，必須想其他辦法，但是沒有時間慢慢想了。

到底該怎麼做呢？

「……」

看著昌浩三緘其口拚命思考的模樣，成親嗯嗯地沉吟，把視線轉向屋頂。
原來出現在實經身上的症狀，的確是異教法術。
親眼看過後，成親也沒有辦法破解。
聽說昌浩這幾天徹底調查過，都找不到這種法術的資料。當然不可能翻遍安倍家的所有的藏書，但應該是能找的地方都找過了。
晴明的藏書量再怎麼壯觀，也不可能收集到全世界的書籍。
學得愈多，不知道的事反而愈多。所謂的學習，就是為了讓自己明白自己有多無知。經過這幾天的學習，昌浩深深體會到這個道理。
「昌浩。」
看到弟弟的肩膀抖動一下，顯得很緊張，成親不知道怎麼辦才好。看來，弟弟是怎麼樣都不會說了。從他緊緊抿成一條線的嘴唇，就可以看出他堅定的意志。
問題是，成親也不能這樣就退讓。
行成府邸正在舉行修祓儀式。發生這種事，相當於「觸穢」，所以府邸內所有人都聚集在用來濯除不潔的地方。實經、奶媽和侍女們還要接受其他修祓儀式，再根據曆書，齋戒淨身數日。
藤原敏次在行成家待到隔天早上，就直接去了陰陽寮，顯得憂心忡忡。他一定是絞

盡腦汁在想，即使不能治癒實經的病，也要設法減緩症狀。

行成也曾用徬徨無助的眼神詢問過成親，有沒有什麼好辦法救實經。從他憔悴的模樣，就可以看出他多麼愛他的家人。

成親只說會試著去查查看，沒有給他肯定的答案，他還是一次又一次地低頭道謝。他是上得了清涼殿的殿上人，卻對官位比他低很多的人都沒有半點架子。

什麼法術、麻煩事，最好能避就避，這是成親向來的方針。連這樣的他，都很認真地想解決這件事。

所以急著回來家裡尋找線索。

昌浩的確知道什麼，卻怎麼樣都不肯說，為什麼呢？

「對天狗施法的人是異教法師吧？」

「……」

昌浩沒有回答。握在膝上的拳頭因為用力過度，都發白了。

忽然響起啪唦的翅膀聲。

成親沒理會，繼續說話。

「異教法師把目標換成了實經公子嗎？」

啪唦啪唦啪唦啪唦。

烏鴉拍著翅膀。

「嵬大人，對不起，可以請你安靜一下嗎？」

「咦？」嵬張開翅膀，歪著頭說：「我正在梳妝打扮。」

成親無奈地苦笑，拉回了視線。

昌浩的臉色愈來愈蒼白，緊閉的嘴唇微微顫抖著。

「可是，對實經公子施法，異教法師也得不到什麼好處吧？」

啪吵啪吵啪吵啪吵。

「是不是有其他什麼理由呢？譬如說，對實經公子施法就可以……」

啪吵。

成親覺得翅膀真的很吵。他合抱胳膊，用手指抵住下巴，半瞇起眼睛，視線漫無目標地游移。

「會不會是想藉由折磨實經公子來威脅行成大人呢？」

啪吵啪吵啪吵啪吵。

成親搖搖頭。

「不對，這樣說不通。與天狗有瓜葛的異教法師，沒有理由對行成大人做這種事。」

啪吵。

啊，好吵，為什麼啪吵個不停呢？

有點煩躁的成親，更深入地反覆思量。

「那麼就是……」

忽然，成親眨了一下眼睛。

翅膀的聲音停止了。

成親不經意地望過去，嵬立刻轉向其他地方。那個動作太刻意了，剛才明明還盯著成親看。

「……」

直覺告訴他，其中一定有問題。

他看著嵬好一會，決定放棄昌浩，把目標轉向嵬。

「祖父恐怕暫時沒辦法從伊勢回來了……」

啪吵。

嵬望著其他地方，拍了一下翅膀。

「昨晚有下雨嗎？」

啪吵啪吵啪吵啪吵啪吵。

其實這幾天，白天、夜晚都沒下過雨。

「道反聖域是在出雲國吧？」

啪沙。

「不對，是在伯耆國吧？」

啪沙啪沙啪沙啪沙。

嵬望著其他地方，依照某種規律拍著翅膀。

「……」

成親腦中靈光乍現，狡黠地笑笑，瞥昌浩一眼，發現他正盯著嵬，好像很想對它說什麼，抖動著嘴唇。

烏鴉一副現在才察覺他們視線的模樣，冷冷地說：

「幹嘛？我正在梳妝打扮，你們不用理我。」

「我懂了，你儘管繼續梳妝打扮。」

成親與高采烈地回應後，轉向了昌浩。

「天狗雛鳥身上的異教法術還沒解除嗎？」

啪沙。

「實經公子與天狗的雛鳥有什麼關聯嗎？」

啪唦。

「為什麼實經公子會成為異教法術的目標呢？實經公子和行成大人，都跟異教法師沒有直接的瓜葛。所以……是拿他當活祭品嗎？」

啪唦啪唦啪唦啪唦。

「哦，不對嗎？嗯……是藉此警告阻礙者嗎？」

啪唦。

「或是威脅阻礙者？」

啪唦。

「哦、哦，原來如此。還真是大費周章呢！不過，這種計謀是利用你個性上的弱點，的確有效。」

「……唔……唔……」

昌浩一直用怨恨的眼神瞄著嵬，但嵬忙著「梳妝打扮」，沒有任何反應。

成親讚嘆地點著頭低聲說：

「還不准你說出來，把你逼得走投無路啊？有點幼稚，但手法不錯。」

這時候，保持緘默、肩膀微微顫抖的昌浩終於忍不住開口了。

「……哥～～哥～～！」

「嗯？沒事沒事，我只是在自言自語，對吧，寬大人？」

被徵詢意見的寬事不關己地說：

「是啊，我也梳妝打扮得差不多了。」

昌浩沮喪地垂下了肩膀。

他的確什麼都沒說，寬也沒說，所以沒有違反背異教法師的交代。可是，這樣真的好嗎？

成親對他揮揮手，瀟灑地笑著說：

「你真的很老實呢！我知道你被威脅，不知道該怎麼辦才好，可是，想辦法突破難關也很重要啊！」

哥哥說得一點都沒錯，昌浩無力地垂下了頭。成親拍拍他的肩膀，鼓勵他說：

「我們同在一條船上，是命運共同體，就讓我幫你分擔一點重任吧！」

「咦……？」

昌浩抬起頭。成親爽朗地說：

「對方是邪魔外道，已經走偏了。既然這樣，我們也不必貫徹正道。」

背脊一陣涼意的昌浩，表情變得僵硬。

成親的嘴角帶著笑容，眼睛卻沒有一絲笑意。

「聽著，昌浩，你是陰陽師。」
昌浩緩緩點著頭。不知道為什麼，他覺得這時候最好保持沉默。
「淨化怨靈、收伏妖魔等救人的法術，全都是正道，跟外道不一樣。那麼，外道究竟是什麼？」成親稍作停頓後又接著說：「何不趁這次機會接觸外道，試試看詛咒異教法師？」
天哪，這也說得太白了。
在足足深呼吸十次的沉默後，昌浩才發出不知所措的驚叫聲。
「……啊？」
成親拍拍弟弟的肩膀，把大拇指指向晴明的房間。
「爺爺那裡，除了很多的神具、法具之外，古今中外各式各樣的咒具，應該也有一種或兩種或三種、四種，不，說不定有十倍之多，一應俱全呢。你去借一些來用用吧！」成親爽朗地接著說：「對方八成是教你不要管天狗的事吧？與其老實接受對方的威脅，搞得動彈不得，還不如絕地大反攻。元兇到底是什麼人？」
成親的強烈眼神逼得昌浩不得不說出來。
「是……是異教法師。」
「我想也是，」成親點個頭說：「這樣事情就好辦了，只要除去那個異教法師，異教法術就會消失，天狗和實經都能獲救。」

「可是，」昌浩慌忙反駁：「我不知道異教法師的行蹤。而且異教法師吃下了天狗魔怪，擁有強大的妖力，萬一被他逃脫，疾風和小公子都會……」

「那就不要讓他逃脫啊！」

說得一派輕鬆的成親，身影似乎與某人重疊了，那人是誰呢？

腦海中浮現清麗的微笑。他想起來了，是風音。前幾天在夢殿裡，她也說了類似的話。

以靈力強弱來說，成親遠不如昌浩。然而，他比昌浩多活過十多年，累積了更多的鑽研成果。在經過磨練的法術品質與經驗上，恐怕威力略勝一籌的昌浩也望塵莫及。成親擁有昌浩今後必須學會的東西。

而這也是小怪經常提醒他的部分。

該怎麼說才好呢？昌浩拚命思考措詞。

「有人說過跟哥哥一樣的話，可是，我覺得我還做不到。」

成親立刻瞇起眼睛說：

「哦，是誰決定你做不到的？」

從沒見過成親這樣的應對方式，昌浩訝異得說不出話來。成親還打破砂鍋問到底：

「回答我，誰說你做不到？」

「咦……」

「有人說過嗎？有任何一個人說過你不行、你做不到嗎？」

「這……呃，小怪說……」

小怪說不要跟異教法術同調，那麼做太危險了，因為昌浩是人類，無法承受天狗身上的異教法術。

小怪還說，不可以給天狗任何承諾。對方是魔怪，不可以信口開河。

「應該……沒人那麼說過。」

「是嗎？那麼，就是只有你自己認為自己做不到。」

「唔——！」

昌浩像是被狠狠揍了一拳，瞠目結舌。

「你的確做不到，因為沒有比自己詛咒自己更強的咒術。」

成親說得毫不留情。

「連做都沒做過，就先認定自己不行，列出一長串做不到的理由，會比較輕鬆。如果你寧可選擇輕鬆的做法，我不會阻止你，不過，你再也不會成長了。」

成親的話像利刃般，一刀一刀刺進他的胸口。

「……」

看到昌浩意志消沉的樣子，成親覺得自己說得有點過分，就收起了矛頭。

身為大哥的他摸摸弟弟的頭，用和緩的語氣說：

「對不起，我居然把氣發洩在你身上。」

昌浩猛搖著頭，仰起臉說：

「不……哥哥說得都沒錯。」

一直以來，他都在不知不覺中壓抑著自我。這是為了明哲保身，因為害怕受傷、害怕失敗。

很久以前聽過的一句話在耳邊響起。

——你將成為陰陽師，成為最頂尖、而且超越晴明的陰陽師。

昌浩呼地吐口氣，想起紅蓮當時的眼眸。

紅蓮會那麼說，是因為相信昌浩做得到。

昌浩咬緊嘴唇、猛拍雙頰以提振自己的士氣。

「好。」

「嗯？」

「我打算豁出去了。」

看來是下定了決心。

「你打算怎麼做？」

「不是選擇其中之一，而是取得全面勝利。」

對方不准他管，他就偏要管到底。

而且連實經都要救。

成親抿嘴一笑。

「是嗎？那就做做看吧！你一定做得到。」

因為昌浩畢竟是安倍晴明唯一認定的接班人。

表情豁然開朗的昌浩戰戰兢兢地問：

「哥哥，你是不是很生氣啊？」

成親燦然一笑說：

「是啊，很生氣。」

異教法師竟然對那麼小的孩子施法，要說有多生氣就有多生氣。

成親的孩子也差不多那個年紀，所以感觸更深吧！

「行成大人今後還要很多事要做呢！」

除了政治因素外，基於其他不同的理由，成親個人對行成抱著很大的期待。

可以直接向藤原道長建言的殿上人寥寥可數。

「如果因為這樣再次失去嫡長子，我怕他會厭世出家。那可就麻煩了，絕對不可以發生這種事。」

的確是這樣。行成非常愛妻子和孩子們，現在也一定正在為痛苦不堪的兒子祈禱，又不斷責怪自己為什麼只能祈禱。

「還有，」成親合抱雙臂說：「我也十分期待藤原敏次。他很不錯，那分認真與勤勉是難得的資質。」

哥哥很少這樣大方稱讚一個人。不過，對象是敏次，倒是不難理解。

「啊，對了，昌浩。」

成親想起什麼似的叫喚，昌浩歪頭看著他。

聽說吉平伯父來信的事和凶日假延長的事之後，昌浩的眼睛亮了起來。

真是幸運啊，又多了幾天可以專心處理異教法師和天狗的事。

「嗯、嗯，太好了。」

看著喜形於色的昌浩，嵬滿意地猛點頭。

基於道反守護妖的尊嚴，它絕不容許那種異教法師為所欲為。

趕快解決異教法師的事，昌浩就可以靜下心來寫信。

為了達成這個目的，它願意提供最大的協助。

嵬在心中這麼暗自發誓。

昌浩與成親開始討論該怎麼做才好，昌浩提出自己的意見，成親聽完後也給了他別出心裁的回答，昌浩再配合上自己的想法。

成親沒有直接給答案，只給提示，點到為止。要是給昌浩所有的答案，就失去了意義。最重要的是讓昌浩自己找出答案，成親的任務只是從旁協助，在這方面，他界定得很清楚。

多麼了不起的導師啊！不論是哥哥們或十二神將，所有圍繞在昌浩身旁的人都是佼佼者。嵬不禁感嘆，安倍昌浩真是個在各方面都得天獨厚的人。

忽然響起拍振翅膀的風聲。

「咦……？」

烏鴉把頭轉向外廊的那扇門。

「那麼，昌浩，」在討論後，成親問：「現在你首先要做什麼？」

昌浩整理思緒，把幾個想法依序排列起來。

「我要先解除疾風替身身上的法術，那個替身已經沒有意義了。」

這時候，前幾天才剛重做的木門被外來的力量衝破了。

強大的妖力波動炸開來，把木門炸得四分五裂。
震驚的昌浩和成親轉過頭，看到天狗站在那裡。
「颯峰?!」
聽到昌浩這麼叫，成親張大了眼睛。原來這就是天狗？他只聽過相關傳說，這還是第一次親眼見到。
整齊的屏風、書籍被吹得七零八落。
差點被迎面而來的妖氣波動撞飛出去的昌浩氣得大叫：
「收起你的妖氣！天狗們好不容易幫我重做了門，又被你……」
「住口，人類！」
昌浩被這一聲嚇得擺出了防禦姿態。
天狗在面具下的雙眼，似乎燃燒著熊熊怒火。
火辣辣的灼刺感透過直覺，傳到肌膚。
「哥哥。」
光這聲叫喚，成親就懂了。他默默點點頭，在袖子裡結手印。
昌浩嚴陣以待，因為颯峰散發出來的妖氣，酷似初次相遇時的妖氣。
一樣是充滿敵意。不，比當時更冷酷、更劇烈。

天狗握著已經出鞘的劍，低聲嘶吼：

「人類，你剛才說什麼？」

昌浩回想著自己說的話，花了一些時間才回答它。

「……我說要解除……」

要解除替身身上的法術。

透過面具也可以看到，颯峰的雙眸閃過厲光。它揚起嘴唇一角，散發出更強烈的妖氣。

「沒錯……你說要解除替身身上的法術，要解除拯救我們下任總領的法術……！」

「颯峰，那是因為……」

天狗的身影突然消失了。

昌浩只覺得喉頭一陣刺痛，那個身影已經逼近眼前。颯峰瞬間縮短距離，把劍對準了他的要害。

颯峰的左手手指抵在橫擺的刀背上，冷冷地笑著說：

「只要我往前一推，你的頭就落地了。」

「颯峰……」

「不要叫得這麼親熱！」厲聲斥喝的颯峰歪著嘴說：「我……果然不該相信人類。」

說完後，它收起了劍。

「你的護衛還在我們手裡，你必須履行承諾，拯救我們的下任總領。」

昌浩的背脊掠過一陣寒意。

糟了，必須解釋清楚，否則會造成無法挽回的錯誤。昌浩這麼想，正要開口時，颯峰的劍刃又架在成親的脖子上了。

「要是你敢不履行承諾，你的護衛就死定了。」天狗露出淒厲的笑容。「就連邪魔外道也不會拋下自己人吧？」

颯峰收回劍刃，慢慢往後退。

「聽著，人類，時限是黃昏。在那之前，你必須殲滅異教法師，讓疾風大人脫離所有異教法術的痛苦。」

昌浩想追上颯峰，但腳被它的妖氣困住，就像生了根一樣，動彈不得。

「如果失敗，就等著以血贖罪吧！」颯峰竊笑著，把劍收進了劍鞘。「至於用誰的血來贖，不用我說，你也知道吧？」

天狗轉身便飛上了天空。

「唔……！」

昌浩使出全力脫困，踢開木門碎片，衝到外廊上。

「天空！抓住颯峰！」

包圍安倍家的結界回應昌浩的呼叫，閃光四射，天狗卻在千鈞一髮之際衝出了結界。

昌浩在高欄上猛敲了一拳。

「可惡！」

好懊惱，居然沒能攔住天狗。最糟的是，沒有把誤會解釋清楚，就這樣各分東西了。

昌浩把額頭靠在高欄上，朱雀和天一出現在他身旁。

「昌浩，出了什麼事?!」

朱雀急著想問個清楚，有所察覺的天一默默制止了他。

這時候成親出來了。

「成親大人，你有沒有受傷？」

成親沒回話，只對擔心的神將搖了搖頭。

凝然不動的昌浩，忽然深吸一口氣，抬起了頭。

「昌浩……」

聽到哥哥的叫喚，昌浩搖頭說：

「我沒事。」

現在有更重要的事等著他去做。

他轉向兩名神將，毅然決然地說：

「我要救疾風和實經，請協助我。」

朱雀和天一平靜地微微一笑。

8

小怪瞥一眼陶杯裡的酒，猶豫地瞇起了眼睛。

伊吹看到它那樣子，對它說不用客氣。

小怪心不在焉地搖搖頭說：「我是怕天狗的酒會喝到爛醉。」

伊吹豪邁地大笑起來，對小怪說：

「不會、不會，絕對不會。」

「真的嗎？」

小怪表示懷疑。伊吹泰然地回它說：

「真的，起碼我就沒醉過幾次。」

「那還是算了……」

看著小怪苦惱的模樣，伊吹啞然失笑。

默默看著兩人交談的勾陣嘆口氣說：

「伊吹，我一直保持沉默不問你，你應該有什麼話想對我們說吧？」

勾陣稍作停頓，烏黑的雙眼閃過厲光。

「還是為了什麼事，在這裡拖延時間？」
勾陣的尖銳視線貫穿了天狗，小怪也惡狠狠地盯著伊吹。
伊吹一口氣喝乾了陶杯裡的酒，沉重地嘆著氣說：
「看來今晚是喝不醉了。」
又往陶杯裡倒酒的他，低頭看著波紋蕩漾的水面。
「這不是什麼值得一提的事……」
伊吹放下酒瓶，拿起陶杯，娓娓道來。
「就在前代總領讓位，隱居了一段時間後……」

天狗之鄉有個女孩失蹤了。
異教法師犯下殘暴罪行後已將近兩百年，愛宕天狗逐漸放鬆了戒心。
開始有人往來於人界與異境之間，採集人界的野菜、果實，小孩的人數也慢慢增多了。

就在這時候，一個女孩突然消失不見了。
天狗全員出動搜尋。因為天狗的女性柔弱無力，跟男性不一樣。萬一被人類撞見，是非常危險的事。

人類厭惡與自己不同的異端。乍看之下，天狗的女性會被當成人類，但是眼睛的顏色正好跟人類相反，一被發現是異形，很難說會發生什麼事。

當時是秋天，愛宕山被染成了嫣紅色。女人們偶爾會溜出天狗鄉，去採米櫧樹的果實或香菇。

那個女孩這輩子第一次去人界，看到紅通通的樹海，心中一定雀躍不已。

尋遍愛宕山每個角落的天狗們，直到半夜，才在粗大的樹木下找到昏迷的女孩。是當時已經隱居的伊吹找到的。因為人手不足，它也被找來幫忙。

女孩的模樣慘不忍睹，伊吹很想閉上眼睛不要看，可是必須確認它是死是活。女孩身上的衣服被扯得破破爛爛，只能勉強蓋住身體。

女孩還活著。

伊吹鬆口氣，抱起女孩的上半身，讓它靠在樹幹上，輕輕搖晃它的肩膀。

「妳醒醒啊！」

其他天狗也在這時候趕來了。

「伊吹大人。」

「哦，它還活著，快去通知它的父母。」

一個天狗飛向了鄉里。所有參與搜尋的天狗們都露出放鬆的表情，慢慢聚集過來。

在黃昏的山中，嘈雜的聲響帶來了夜晚的黑暗。有個天狗說，最好在天色全暗之前回到愛宕鄉，伸手要抱起女孩。

忽然，女孩張開了眼睛。

看到聚集的天狗們，它馬上發出了尖叫聲。

「——啊！」

女孩奮力甩開同胞的手，發出意義不明的叫聲，驚慌地想逃跑。

「它到底怎麼了……」

被女孩突發的狂亂嚇得不知所措的天狗們，從它被扯得支離破碎的衣服縫隙間，看到它腳上有無數的指痕。

「快、快去找個女人來，我們沒辦法安撫它！」

女孩扯破喉嚨般不斷慘叫，還哭得驚天動地，沒有人能接近它。

匆匆飛到鄉裡的天狗，帶來了颶嵐的妻子和伊吹的弟妹。

兩人一眼就看出女孩發生了什麼事，默默地抱緊了它。可是女孩還是全力抵抗，繼續尖叫。

不久後，女孩叫乾了喉嚨，只能發出嘶啞的聲音，筋疲力盡地昏倒了。

伊吹呼地喘口氣，看看神將們。

小怪臉上泛起無以復加的厭惡感，而勾陣的表情比它更難看。

天狗滿懷歉意地搔著頭說：

「對不起……我也不太想把這件事告訴勾陣大人……」

告訴我就沒關係嗎？小怪暗自咒罵，但還是催它說下去。

「快接著說啊，所以怎麼樣？」

這件事到底跟飄舞有什麼關係？

忽然，最壞的猜測閃過腦海。勾陣也從小怪側臉看出了它的猜測，卻出奇地平靜，抓住了它的白色尾巴。

尾巴突然被用力拉扯的小怪來不及反應，肚子擦過了地面。

「喂、喂！」

抓著尾巴把小怪拉過來後，勾陣心平氣和地叫了一聲：

「騰蛇。」

小怪轉過頭，目露兇光地看著勾陣說：

「幹嘛？」

「我要暫時摀住耳朵，等你覺得沒問題了再叫我。」

「什麼？」

勾陣說完就背向了伊吹。

「喂，勾！」

無論怎麼叫都沒反應，勾陣似乎截斷了聽覺，小怪只能搖頭嘆息。

再轉向天狗時，小怪看到天狗非常過意不去的樣子。

「我果然不該告訴勾陣大人。」

「她畢竟是個女人，現在恐怕正在大腦裡，把殘害女孩的下流人渣大卸八塊了五十次。」

彷彿可以看到從她纖細的肩膀冒出了怒火。

「那之後怎麼樣了？快說吧！」

在小怪催促下，伊吹沉吟幾聲，又開始往下說。

天狗們把女孩帶回了鄉裡。

大家在總領家的澡堂幫女孩清理乾淨，然後讓女孩留在那裡養傷，就這樣過了半年。

「總領夫人發現女孩懷孕了……」

當然不知道父親是誰。

最糟的是，從那天起，那個女孩就瘋了，失去了記憶。

它忘了怎麼笑，也忘了怎麼哭。它不說話，也聽不見別人說的話，失焦的眼睛總是望著遠處某個地方。可能是偶爾會作惡夢，在半夜裡大哭大鬧，一直吵到聲嘶力竭為止。

總領夫人和伊吹的弟妹很有耐性地照顧女孩，侍女們也從旁協助，大家都希望它哪天會清醒過來，再展露嬌羞的笑容。

發現女孩懷孕的總領夫人，煩惱很久後才告訴了颶嵐。

這個孩子父不詳，母親又瘋了，還不知道會不會清醒過來。

天狗很難懷孕，一般正常的夫妻懷了孩子，不曉得會有多高興。

「總領大人煩惱了好幾天，不知道該殺了小孩，還是讓小孩活下來。」

伊吹似乎想起了當時的狀況，沉默下來。

小怪聆聽著，猶豫了一會後開口問：

「你當時怎麼想呢？」

天狗看著小怪。

小怪知道，在很久以前，這個天狗最心愛的妻子和孩子都死在異教法師手中。聽說

小孩就快出生了，卻死於膚淺人類的愚蠢。

「我嗎？……我當時……」

在面具下眯起了眼睛的伊吹，想起了自己當時對颶嵐說的話。

這孩子生下來也不會幸福吧！

每個人都這麼說。

孩子沒有父親，又不能依靠母親。

既然如此，不如現在就讓它解脫，對它還比較好。

親信們全都反對讓孩子活下來。

其中，只有伊吹說：

——不可以。

坐在上座的總領滿臉苦惱。伊吹對他說：

——我來當它父母撫養它，孩子是無辜的。

高談闊論的現場一片嘩然。這孩子父親不詳，母親也嚇成那樣子，顯然是遭遇過把它逼瘋的恐怖經歷。

人界有妖怪、惡魔橫行，所以天狗們連女孩是遭到什麼攻擊都不敢確定。

大家都說太冒險了，勸伊吹放棄。

——說不定會生出異形模樣的小孩！

——那就不是天狗的孩子了！

——可是……

這時候，已經把總領位子讓給兒子的前代總領出現了。

——不要亂說話！

住在深處獨立小屋、過著隱居生活的前代總領，大聲斥喝聚在一起議論紛紛的天狗們。

看著被氣勢震懾而沉默下來的天狗們，前代總領開口了。

「總領說，那孩子是天狗鄉的孩子、是愛宕的孩子……」

伊吹想起已經過世的前代總領，顯得很懷念。

默默傾聽的小怪開口說：

「那孩子就是飄舞？」

伊吹點點頭，微微苦笑著說：

「前代總領收養了它，把它撫養長大，直到過世前都把它留在身邊。飄舞的名字也是前代總領取的。」

飄舞還是個少年時，前代總領就過世了。它繼續住在總領家，跟侍女們一起做家事、幫忙打雜，有空時就跟伊吹學劍術。

前代總領過世前，曾經拜託伊吹指導飄舞劍術。

在那時候，飄舞就是個陰沉的孩子。它不太說話，也不接近年紀相仿的天狗們，選擇孤立自己。

它的身世被當成了秘密，所以同年代的天狗們什麼都不知道。

然而，偶爾在總領家飲酒聚會時，還是會有少數人喝得醉醺醺，說出當時的事。在一旁幫忙遞酒、上菜的飄舞不想聽也聽見了，似乎從中推敲出了自己的身世。

因為當時在愛宕鄉，沒有雙親的孩子只有飄舞一個。

於是，隨著年齡的成長，飄舞愈來愈冷酷無情，偶爾開口說話，也都帶著強烈的攻擊性，成了危險人物，如同一碰觸就會被割傷的鋒利刀刃。

這麼一來，讓它顯得更難以親近，愈來愈被大家孤立了。

這當中，只有颶嵐和夫人、伊吹還是非常照顧它、關心它。

「生下飄舞的女孩，像沉睡般死去了。」

那是嚴重難產。女孩大哭大叫、大吵大鬧，經過很久很久的痛苦掙扎，終於生下了孩子，但也奄奄一息了。

女孩的遺容，充滿了終於逃離痛苦與恐懼的喜悅，浮現出從那天起從未展露過的天真笑容。

父親不詳，出生時又害死了母親，這就是飄舞背負的重擔。

儘管是這種應該被排斥、忌諱的身世，總領還是把它當成愛宕的孩子，對待它跟對待其他天狗一樣。

飄舞總是那麼冷漠，話也少之又少，沒人知道它在想什麼，卻非常聰明。

可能是因為經過博學的前代總領的教導，飄舞勤奮求知，劍術也進步得很快。

大家都看在眼裡。天狗原本就重情重義，主動跟飄舞說話的人，一個、兩個逐漸增多。不知不覺中，它就自然而然地融入了人群中。

總領只有一個兒子，是總領夫人以生命換來的。當飄舞被拔擢為那孩子的護衛時，已經沒有任何人提出異議了。

年邁的天狗輕聲笑著說：

「可是，它還是一樣沉默、寡言而冷漠。」

跟伊吹學劍時，不管是失誤被重重敲到頭、被木劍刺中，或是被擊中手腕木劍落地，飄舞都不會喊痛也不會哭，只會把嘴巴緊緊抿成一條線，極力忍受疼痛。

彷彿把那些情感，統統遺忘在母親肚子裡了。

「為了活下去，飄舞必須那麼做來保護自己，變形怪大人，你可以了解那種心情嗎？」

「……」

小怪沒辦法回答。

拋開原因不說，只問它可不可以理解被排斥、被忌憚的心情，它會回答可以理解。因為神將騰蛇也是在誕生的瞬間就被排斥、被忌憚了。

然而，沒有人的經歷是完全一樣的，如同沒有人可以真正了解小怪的心情般，這世上也沒有人可以完全了解飄舞的心情。

伊吹把酒含在嘴裡，直視著小怪。

「事情就是這樣，變形怪大人。」天狗藏在面具下的表情瞬間嚴肅起來。「所以，全鄉的人都有可能背叛總領大人，唯獨飄舞不可能。是前代總領和颶嵐大人救了它，它不像是那種忘恩負義的人。」

伊吹又接著說：

「在愛宕鄉，它尤其厭惡人類，可以說是強硬派，幾乎被這類想法的人奉為首領，所以才會對身為人類的昌浩那麼不友善。」

它甚至偏激地說，與其求助於人類，寧可把法術轉移到自己身上。

「即使這樣，飄舞也不是生性冷漠的人。聰明伶俐的疾風大人一點都不討厭飄舞，把它留在身邊，就是最好的證明。」

伊吹的姪子颯峰也是飄舞的傾慕者。很久以前，颯峰一再懇求鄉裡數一數二的高手飄舞收自己為徒，飄舞禁不起颯峰苦苦哀求，終於答應親自教它。

「……」

小怪還是一副無法釋懷的表情，思索著什麼。

看到它那樣子，伊吹在面具下挑起了一邊眉毛。

「變形怪大人，你還有什麼疑問嗎？」

小怪用力甩一下尾巴，傾斜著身子說：

「我就是生性多疑。」

「既然如此，我就說到你不懷疑為止。」半放棄的伊吹往陶杯裡倒酒。「不過在這之前，變形怪大人也先來一杯吧？」

伊吹都把酒瓶推過來了，小怪只好拿起陶杯接酒。

用雙腳端都還嫌太大的陶杯裡被倒入了滿滿的酒。這杯香氣比人界更濃烈的酒，感覺比較接近高天原的神酒。算不上高級酒，但既然是魔怪的酒，應該也足以把神將灌醉了。

小怪邊暗叫不好，邊喝下了陶杯裡的酒。灼燒般的熱，從舌頭流向了喉嚨、肚子裡。

「好烈。」

小怪繃著臉埋怨，伊吹豪邁地大笑起來。

「當然啦！天狗的酒連猿田彥大神都會醉倒。」

不管伊吹是開玩笑還是說真的，小怪都相信這種酒的確很容易醉。高天原的酒喝得再多，都只會有飄飄然的快感，天狗的酒卻不是這樣。

「我已經喝了，你要回答我的問題。」

面對小怪挑釁的態度，伊吹毫不畏懼地笑著說：

「你問啊，只要是我能回答的，我都會回答。」

「你說異教法師闖入異境擄走疾風時，飄舞受了傷？是怎麼樣的傷？」

就是從腹部往上割到胸部的那道劍傷。

伊吹在面具下的眼睛厲光炯炯。

「沒錯，從這邊刺進去的劍，這樣一直線劃到胸口下。」

伊吹指著自己的腹部給小怪看。

從腰骨上面，就是右側腹周邊，斜斜延伸到左肋骨下方。

「劍被肋骨擋住，是不幸中之大幸。內臟從裂開的傷口跑出來，我們把內臟塞回去，縫合肚子，接下來就是看飄舞的生命力了，最後它總算熬了過來……」

天狗嘆口氣，沉重地喃喃說著：

「飄舞要是有個三長兩短，疾風大人一定很悲傷。飄舞不想讓它悲傷，才會靠意志力從那個世界爬回來。」

聽完伊吹的話，小怪皺起了眉頭。

內臟會從裂開的肚子跑出來，是腹壓的關係。

「嗯嗯嗯……」

小怪低吟思考，伊吹往它的陶杯裡倒酒，淡淡地說：

「變形怪大人，你是不是認為飄舞是自導自演？」

「……」

夕陽色的眼睛望著伊吹。

天狗用跟剛才完全不一樣的嚴肅聲音對默然的小怪說：

「我再重複一次，那是不可能的事。因為那傢伙慣用右手，都是用右手拿劍。」

伊吹按著自己的腹部，又接著做詳細的解說。

「我看過那道傷口，又深又嚴重，不可能是飄舞自導自演。如果真是那傢伙自己砍

傷自己，只能說是打算自殺。」
即使如此，不用慣用的那隻手，也很難砍得那麼深。
而且，傷口從右側腹砍到左胸口，中間不曾停下來過。
如果飄舞是自己砍自己，可以想像有多麼痛，不可能不中斷地砍到底。
「放棄吧！變形怪大人，飄舞的傷是被異教法師砍傷的。」
小怪默不作聲。
伊吹聳聳肩說：
「算了，沒關係……只要疾風大人康復，一切就會恢復原狀。等昌浩大人找到異教法師，我們再親手殲滅他，這件事就結束了。」
在那之前，很對不起，要你們在這裡悠閒地待著囉！
聽到這句話，小怪抖了抖耳朵，半瞇起眼睛瞪視著天狗，天狗也滿不在乎地回看它。
傾倒酒瓶時，伊吹發現裡面已經空了。
「哎呀，沒了啊？」
它往酒瓶裡看，再把酒瓶倒過來，搖給小怪看。酒瓶只滴出了幾滴酒，之後就什麼都沒有了。

小怪瞪大了眼睛。

「什麼時候喝完了？喂，那瓶裝很多耶，你全都喝光了?!」

「好像是。」

伊吹哈哈大笑，慢吞吞地站起來。

「我再去裝滿吧！你等我一下，我順便拿些下酒菜來。」

一個人把酒喝光的天狗，搖搖酒瓶，踩著穩健的腳步，輕盈地走上了階梯。

小怪啞然無言地目送伊吹離去。

「真不敢相信，那傢伙是喝不醉嗎？」

「長得那麼高大，酒量大也沒什麼好稀奇的。」

「再怎麼高大……」

轉過頭正要反駁的小怪，不由得眨了眨眼睛。

勾陣不知道什麼時候轉向了它，立起單腳盤坐，背靠著岩壁，合抱雙臂。

「妳是從哪裡開始聽的？」

「從飄舞的自導自演那裡。」

她的視線朝向了插在鐵柵欄兩側的那兩把筆架叉。

小怪曾經利用那兩把筆架叉，再三思考傷口的形成狀況。還詢問過使用武器的朱雀和勾陣，以怎麼樣的角度與速度砍下去，才能在生死邊緣徘徊，又能勉強撿回一條命。

異教法師是成年男性。砍向身高跟自己差不多的對手時，應該會斜斜砍下去，或是橫掃過去。朱雀和勾陣也是同樣的想法，既然是由下往上砍，那麼對方可能是個子不高的小孩，或是刻意蹲了下來。

或是自己砍自己？或是故意讓對方砍到自己？

勾陣對繃著臉自言自語的小怪說：

「你好像很不相信呢！」

「說得好像跟妳無關，妳自己不也是這麼想？」

「也是啦！」

從一開始，神將們就懷疑飄舞是不是在撒謊。據他們猜測，總領天狗之子會身中異教法術，又從鄉裡被擄走，全都是飄舞的策畫。

重點是……

「沒理由，找不到理由。」

小怪用前腳猛搔著頭，愈想愈煩躁。

譬如，會不會是飄舞想謀反，所以下任總領疾風成了它篡奪總領位子的阻礙？

譬如，會不會是因為某種理由，使它對疾風本身產生了敵意，想讓疾風嘗盡痛苦，最後再奪取它的生命？
譬如，會不會是它佈置成異教法師的行兇，其實有什麼其他目的？
包括天空在內，四名神將做過種種討論，但全都缺乏決定性的因素。
飄舞對昌浩與神將們超乎常態甚或帶點瘋狂的憎恨，在聽過天狗的悲慘往事後，就可以理解了。
把猜測這樣一個一個推翻，就沒有任何可以立論說明的理由了。
可是，小怪怎麼樣都覺得飄舞很可疑。
理由應該是它斷然說要吃了陰陽師，還自稱是邪魔外道。
「不，不對……」
小怪搖搖頭，推翻了自己的想法。
那也是尋找明確理由後出現的原因之一。
勉強來說，是直覺。小怪雖然不是陰陽師，但怎麼樣都覺得飄舞有問題。
它不想讓昌浩接近飄舞。可能的話，最好是自己介入他們之間，不要讓他們直接接觸。
不是因為飄舞是天狗，也不是因為它是魔怪。如果是因為那樣，小怪也會對颯峰、伊吹和疾風抱持同樣的想法。

然而，小怪並沒有對其他天狗產生這樣的戒心，只有對飄舞。

它猛抓著頭，豎起了全身白毛。

「我想不出理由，我想不出飄舞要對疾風施放異教法術的理由！」

「你斷定是它了？」

同袍的語氣帶著質疑，小怪轉頭對她說：

「是啊，沒錯啊！我就是斷定了，妳有意見嗎？」

「你衝著我來沒關係，可是千萬不要對伊吹或颯峰這麼說，那樣只會把事情鬧得更大，沒什麼好處。」

她講得很對，所以小怪儘管不甘心，還是閉上了嘴巴。

對昌浩有好感的天狗只有絕對少數，如果連它們都翻臉就麻煩了。

疾風身上的異教法術，現在被移到了替身身上。天狗們看到下任總領逐漸好轉，心情應該也會慢慢緩和下來。

在那之前，最好不要輕舉妄動。

「不過，想起來還是很生氣。按常理，會自己把我們找來，卻見都不見我們，還准許部下把我們關起來嗎？」

看著氣憤難平碎碎唸個不停的小怪，勾陣搖頭嘆息，聳聳肩膀。

9

在愛宕山中的一角，飄舞默默低頭看著蹲在草上痛苦喘息的雛鳥。

這是陰陽師製作的替身。異教法師施放的異教法術，現在全都聚集在這個替身身上。

當這隻雛鳥完全被異教法術吞噬時，全身就會壞死，一命嗚呼。這麼一來，異教法師就會以為法術達到了目的，來這裡檢視雛鳥的屍體。

颯峰慷慨激昂地說，到時候一定要抓住異教法師，洗雪長年來的仇恨。

「異教法術啊……」

異教法術是天狗傳授給人類的。天狗們都會使用異教法術，但不會把這樣的法術用在天狗同胞的身上，所以，天狗們不知道該怎麼救雛鳥，又不會陰陽師使用替身的法術。

原來轉移到其他東西身上，就可以解除所有異教法術帶來的痛苦。

「如果可以取得那樣的法術……」

飄舞喃喃低語。

只要擁有更強大的力量，就不怕什麼人類、陰陽師或異教法師了。

默默佇立著注視雛鳥的飄舞背後，飄下了一陣天狗之風。

它轉頭往後看，背後是激動得臉色發白、肩膀上下起伏的年少同胞。

殺氣騰騰的颯峰，對默然轉過身來的飄舞滔滔不絕地說：

「果然不該相信人類！陰陽師也好，異教法師也罷，統統都一樣，只是名稱不同而已！你說得沒錯，人類這種生物，說謊就跟呼吸一樣稀鬆平常……！」

氣得咬牙切齒的颯峰緊緊握起了拳頭。

「我太蠢了，居然想把疾風大人的命運交給人類！我實在太膚淺了，我實在太……」

看著再也說不出話來的颯峰，飄舞冷靜地說：

「這就是人類啊。」

然後，它轉向了替身。

「這個法術也不知道能支撐多久。對人類來說，我們天狗都是可怕的魔怪……不，」飄舞停頓一下，詛咒般地說：「真正可怕的是人類，他們都很下賤，會為了取得天狗的力量，不惜成為比天狗更不如的妖魔。」

颯峰慷慨激昂地點著頭，贊同飄舞漠然的評論。

「我也不會再被騙了，人類果然是不能相信的生物！」

颯峰在蹲踞的替身旁邊跪下來，悄悄伸出了雙手。

就在快碰到替身時，它把手停下來，低聲訴說：

「疾風大人……你放心，不管發生什麼事，我颯峰和飄舞都會保護你……」

手都沒碰到，就可以感覺到熱度。替身完全就是疾風的模樣，表現出那種高熱與壞死的痛苦。

雖然本性爛到極點，法術卻夠扎實。

「陰陽師，我還是感謝你替疾風大人解除了痛苦。」

颯峰在心中做出了決斷，緩緩站起來。

「那個陰陽師很可能會來這裡，企圖解除替身身上的法術。」

隔著面具，都可以感覺到飄舞的眼神有多可怕。颯峰把手移到腰間的佩劍上說：

「飄舞，你的先見之明挽救了這件事。」

只要神將在它們手中，昌浩就不敢輕舉妄動了。

找出異教法師、解除異教法術，是昌浩和天狗的約定。

「要是他敢違背與魔怪之間的約定，就等著瞧！」

颯峰的殺氣表露無遺，飄舞瞥它一眼就轉身離開了。

「飄舞，你要去哪裡？」

「為了謹慎起見，我要去看看疾風大人。」
颯峰抓住它的手，不讓它走。
「不用擔心，你已經把神將們關起來了，還有伯父看著他們。」颯峰看著替身，非常肯定地說：「現在異教法術都在這個替身身上，這期間疾風大人不會有事。」
「可是，萬一那個人類搞鬼呢？」
「那麼到時候……」
颯峰的雙眸在面具下閃過厲光。
「我會讓他血債血還。」

✦ ✦ ✦

翻閱了好幾本深藏在祖父書庫裡的書籍後，昌浩點個頭，闔上了書。
直到現在，昌浩只把詛咒彈回去過，還沒有下過詛咒，這回是第一次。
基本的陰陽法術，他都學過，但還沒有跟隨祖父或父親實際下過詛咒。這次只能在哥哥的指點下，靠書本補充知識。
有時，書中記載的法術或咒文會缺漏最關鍵的部分。這樣即使沒有正式修煉過的人想惡作劇照做，也不能啟動法術。

關鍵部分都是由老師以口相傳。這時若怕遺忘，也可以做筆記，但原則上還是要以口傳授給後代。

昌浩的房裡藏了很多這樣的筆記，可是前幾天房間被天狗破壞時，好幾張都破損了。

以後要找時間重寫才行。

「如果事情可以在凶日假中解決，就來寫吧！」

昌浩把攤開很久的卷軸捲起來，堆在台子上。這樣擅自拿來看，事後得向祖父道歉才行。

其他事祖父可能不會說什麼，但是與詛咒相關的事要特別注意，最好小心到有點神經質。

時間已經過了未時半，沒想到會花這麼多時間，要在天黑之前採取行動才行。

他穿上狩衣、狩褲，戴上護手套，確認準備好的人偶與符咒之後，收進懷裡。

把頭髮紮在脖子後面，最後戴上念珠後，昌浩就站了起來。

他穿上放在外廊下面的鞋子，瞥一眼被破壞的木門。

颯峰又把天狗工匠精心修補好的木門撞壞了。

「……」

無法言喻的感傷湧上心頭時，一股神氣在他背後顯現。

「昌浩。」

他轉過頭，看到視線高過於他的朱雀的眼睛。

「我沒事。」

「只要把話說清楚，一定可以……」

昌浩淡淡一笑，搖著頭說：

「他不了解也沒關係。」

朱雀露出驚訝的眼神。昌浩伸出手，拍掉散落外廊的碎片。

「剛開始，我的確是因為天狗們……因為颯峰的央求，才打算救疾風。可是，在夢殿見到了疾風，覺得他看起來好痛苦，就想著非救他不可……」

所以只要救得了疾風和實經就行了。

「而且，小怪說的話，我現在稍微可以理解了。」

對方是魔怪，就算再怎麼酷似人類、再怎麼覺得心靈相通，也不能跨越最後的防線，儘可能不要掏心掏肺。今後，他必須慢慢學會這樣的待人方式。

因為陰陽師的心，不該有太劇烈的波動。

說著這些話的昌浩，眼神十分平靜。朱雀低頭看著他，平靜地閉眼沉思。

晴明遠在他鄉，錯過了親眼看到昌浩成長的機會。朱雀心想，主人對這件事一定很懊惱，所以自己必須代替主人看清楚，一五一十傳達給主人。

「那麼，我們走吧！」

被朱雀催促的昌浩點點頭。

昌浩正在凶日假中，不可以外出。走在京城被人看見的話，銷假後很可能被絮絮叨叨地唸一些有的沒有的。

以前曾有過慘痛經驗，所以他希望儘可能避開這樣的危險。

朱雀伸出手，一把將昌浩扛到肩上。昌浩屏住了氣息。雖然早有心理準備，還是覺得很高。

「抓緊了。」

「嗯、嗯。」

連回答的聲音都緊繃到不行。可是沒辦法，只有這樣才可以悄悄出城，不被任何人發現。

朱雀把膝蓋輕輕一彎，利用反彈的力道跳了起來。就在跳到屋頂上的同時，他邁出神腳飛馳。

好快、好高、好可怕，昌浩全身都僵硬了。

朱雀馳騁在家家戶戶的屋頂上、圍牆上，直直奔向西北。

人類的眼睛看不到神將，朱雀的速度又快到連視覺暫留影像都沒有。路樹被旋風捲成大波浪，在牆上打盹的小妖們被掃下好幾隻。

「怎麼了？怎麼了？」

搞不清楚發生什麼事，猝不及防的小妖們東張西望，但颳起這陣風的朱雀已經消失得無影無蹤了。

昌浩在呼吸困難的風中思索著。

好想念白虎穩健的風啊，白虎，你快點回來啊……！

朱雀扛著把悲痛的期盼埋藏在心底的昌浩，風馳電掣般奔向了愛宕山。

迫不得已很晚才進宮的安倍成親，又因為萬不得已的理由不得不早退。

但是他並沒有忘記，回家前先去一趟陰陽寮，把信已經送到的事，告訴陰陽寮博士安倍吉平。

伯父吉平把送到父親吉昌那裡的信件，統統轉到自己這裡來了，所以旁邊堆著如山高的信件。那些信件想必也會被丟進火裡，乘著風送到伊勢，成親不禁同情起那些寫信

的人。正怔怔想著這些事時，滿腹心事的藤原敏次從前面走過來了。從他手上抱著一堆書來看，應該是剛去過書庫。

敏次看到了成親，馬上立正站好行個禮。

「是成親大人啊，今天早上真是讓您看笑話了，非常不好意思。」

「不會、不會，別提了。你的臉色看起來不太好呢！要不要跟博士說明原委，今天提早離開？」

敏次堅毅地搖著頭說：

「不，我不能因為私事而怠忽公務。」

成親的眼神瞬間發直。嗯……這句話聽起來好刺耳。不過，這次多多少少跟公務有點關係，他還是決定早點走。

「認真當然很好，可是把身體搞壞就沒意義了，要好好照顧自己的身體。」

「是，謝謝您的關心。」

每次深深低頭致謝，走回了辦公地點。他手上拿的書，全都是記載治癒疾病的相關法術，可見他是打算把工作全部做完，再去行成家。

目送敏次離去後，成親搔搔太陽穴一帶，轉身離開了陰陽寮。

他也是同樣的想法。

離開陰陽寮後，他要去的地方也是行成家。

滿臉疲憊的行成，親自迎接來訪的成親。

「不好意思，成親兄，你這麼忙……」

成親灑脫地拍拍道歉的行成肩膀，豁達地說：

「怎麼會呢？跟你比起來，我算什麼。」

聽說小千金的情緒穩定下來了，可是不敢睡覺。

成親先去看小千金，溫和地告訴她：

「藤原敏次很快就來了，請他再給妳一個護身符就行了。」

小千金尖叫一聲，張大了眼睛，滿臉恐懼。

「可是護身符燒掉了，好可怕，很燙呢……」

「不、不，是因為有那個護身符的保護，妳才沒生病。那個護身符是完成了自己的使命。所以，小姐，等一下妳要謝謝敏次，他一定會再做很有效的護身符給妳。」

認真聽著成親說話的小千金，點頭笑著說：

「我知道了，敏次的護身符很厲害呢！」

「是的，非常、非常厲害，所以不用擔心。」

成親摸摸小千金的頭後，把她交給侍女，就去看實經了。
太陽西斜，天色逐漸昏暗，成親的表情也跟著嚴肅了起來。
「拜託你了，昌浩……」

風颼颼吹著。
在替身旁邊監視的颯峰倒抽一口氣，擺出了戒備的姿態。
神將朱雀從樹木縫隙間衝出來，肩上扛著緊緊抓住他的昌浩。警戒的颯峰在面具下皺起了眉頭。
站在颯峰身旁的飄舞不屑地吐出短短一句話：
「真難看！」
被朱雀放下來的昌浩，緊緊繃著有點蒼白的臉。
颯峰簡直難以置信，他知道從京城的安倍家來愛宕，以人類的腳程需要很長的時間，現在會飛的神將不在，也沒有天狗的協助，唯一的辦法就是從地面飛奔而來。
想到以前，曾經從京城某貴族家，一路互罵飛奔到這裡，颯峰慌忙提高了警覺。那是過去的事了。現在，他必須保護替身。
人類都會撒謊，不能再掉以輕心了。

感覺到露骨的敵意，昌浩轉向了天狗們。

飄舞和颯峰擋在替身前面。要解除法術，必須先解開結界，再消除寫在上面的疾風之名字。可是，這兩人會讓他這麼做嗎？

「颯峰！飄舞！」

昌浩向前一步，颯峰對著他大叫：

「你來做什麼？你找到異教法師了嗎？」

「沒有，還沒有。」

「那你來做什麼？你要違反約定嗎？」

看到颯峰極其冷漠的態度，昌浩十分懊惱。

他沒有要違約，絕對沒有，可是他接下來要做的事，卻很可能被當成違約。

「我一定會救疾風，所以你能不能什麼都不要問，把替身交給我？」

「別開玩笑了！」

颯峰勃然色變。意想不到的是，飄舞居然舉起一隻手制止了他。

「飄舞?!」

昌浩和朱雀也跟颯峰一樣驚訝，張大了眼睛，因為他們原本認為要說服飄舞比較困難。

飄舞用不帶任何感情的聲音，淡淡地說：

「你要讓異教法師知道這是假的嗎？」

藏在面具下的目光愈來愈淒厲。

「陰陽師，你說要救疾風大人，卻要解除替身的法術，你明知道異教法術會怎麼樣反撲到疾風大人身上……」

天狗拍振翅膀，捲起狂亂的旋風，落葉和沙土漫天飛揚，遮蔽了視線。

昌浩邊舉起手保護眼睛，邊大叫：

「不！我一定會救疾風！所以……」

「那為什麼要解除拯救疾風大人的法術?!」

颯峰怒吼。

隔著漫天的落葉和沙土，昌浩看到滿臉懊惱、怒目切齒的颯峰。

「疾風大人說它想再飛上天空！說它康復後，要去見那個人類的小孩啊！」

然後，等那個人類的小孩不再懼怕天狗時——

「為了這一天，疾風大人多麼希望趕快康復，你為什麼……！」

「我……」

昌浩差點喊出真心話，硬是把話吞了下去。

真希望可以告訴它，這麼做就是為了救那個人類的小孩實經。可是現在還不能說。異教法師不知道躲在哪裡，一定偷偷監視著他們。

昌浩被威脅過，不能說出來，不然實經就會沒命。

他握緊拳頭說：

「怎麼樣都不交給我嗎？」

「少廢話！」

颯峰悍然拒絕，昌浩平靜地瞪著它。

「──」

瞬間，在昌浩旁邊嚴陣以待的朱雀握住了背上大劍的劍柄。

飄舞看到了，立刻揮下了出鞘的劍。

朱雀蹬地躍起，高舉的大劍彈開了飄舞的劍刃。飄舞把被彈回來的劍橫掃出去，衝向朱雀胸前，把劍由下往上揮。

朱雀的神氣爆裂，天狗的身體被彈飛到半空中。

天狗張開黑色翅膀，迴旋著降落。

妖氣與神氣衝撞而成的力量，揚起了鋪天蓋地的沙塵。

昌浩與颯峰相對峙，斜眼看著早已開戰的天狗與神將的熾烈交鋒。

「陰陽師，我不會讓你碰替身一根寒毛。」

昌浩嚴峻地瞇起了眼睛。

「那麼——」昌浩雙手結印叫喊：「我只能動武了！」

拔起劍的颯峰聽見了昌浩震耳的真言。

「嗡！」

已經壓抑到極限的靈力瞬間爆發。從昌浩身上迸射出來的力量，大大地起伏波動，捲起了漩渦。

天狗也爆發出足以匹敵的妖氣，張開翅膀飛向天空，再對準昌浩揮下武器。

昌浩雙手抓住纏繞在手上的念珠，抵擋砍下來的劍。

「居然用那種東西……」

譏笑的颯峰，瞬間轉為驚愕，瞪大了眼睛。

念珠柔韌地把劍反彈了出去。仔細一看，每顆珠子上都畫著退魔的印記，用來防禦天狗的力量。然而，珠子只是用一般線繩串連。

劍一揮下，繩子就斷了，珠子散落一地。

昌浩邊往後跳，邊結起不動明王印。

「縛住、縛住，金剛童子！」

滿地的珠子散發亮光，圍繞颯峰形成了一個圓圈。

「這是……?!」

颯峰的視線掃過一圈，發現念珠畫出來的圓築起了牆壁，發出金屬般的清亮聲，往上不斷延伸。

它抬頭仰望天空，心想被困在牆裡就出不去了，趕緊張開翅膀奮力往上飛。

往上延伸的光壁愈來愈窄，逐漸形成細細的圓錐狀。

「縛住啊，童子，以不動明王正末之本誓……」

詠唱的聲音逐漸遠去。颯峰破風高飛，心想絕不能被困在牆裡。

眼角餘光瞥見不知道已經打過幾十回合的飄舞和朱雀。

兩人似乎都想延續前幾天的交戰，分出勝負，誰也不讓誰，時而熾烈交戰，時而拉開距離。

換作是自己，早已分出高下。

每次颯峰都輸給飄舞。就在只差一步，眼看著就快贏的時候，飄舞就會抓到颯峰的破綻，彈開它的劍，把劍架在它脖子上。

就這樣，颯峰已經不知道輸過幾次了。

它不能輸。它不想輸。身為疾風的護衛、身為下任總領的親信，它不能再輸給任何人。

「塔拉塔坎曼、畢希畢希巴庫、索瓦卡！」

詠唱完後，結界完全封閉了。然而，就在封閉前，颯峰衝出了光的牢籠。

因為是強行掙脫，漆黑的羽毛掉了好幾根。不只羽毛，連翅膀的肌腱都受傷了。

表情痛苦扭曲的颯峰重新握緊了劍。陰陽師就在正下方，抬頭看著它。

這時，昌浩把視線從颯峰身上拉開了。天狗一陣戰慄。昌浩往前衝出去，奔向了疾風的替身。

「糟了！」

颯峰打從心底詛咒自己的輕率。與朱雀劍鋒交擊的飄舞，也發現在不知不覺中被拉開了距離，氣得大叫：

「你們——！」

飄舞怒不可遏地衝過來，卻被朱雀的神氣炸飛出去。它在半空中扭轉方向，直接撲向了昌浩。

「昌浩！」

聽到朱雀的驚叫聲，昌浩把視線轉向他。握著劍的天狗像從弓弦射出來的箭般，正快速俯衝過來。

昌浩立刻轉身結印。

「天之五行、地之五行、人之五行！」

形成的五芒星環繞在昌浩周圍，把天狗連同手上的劍彈飛出去。

「你休想得逞！」

垂直滑翔的颯鋒怒吼著，昌浩仰頭對著它大叫：

「南無馬庫桑曼達帕、顯達瑪卡洛夏、達索瓦塔亞溫、塔拉塔坎、漫！」

從陰陽師全身迸出了靈力。魔怪完全無力抵擋，被衝力彈飛了出去。

劍從颯鋒手上脫離，邊旋轉，邊往下墜落，嘎噹插進了地面。

就插在替身前方，像是要隔開昌浩與替身。昌浩拔起那把劍，抓起了替身。

摔落地面的颯鋒邊掙扎著爬起來，邊放聲大叫：

「不要啊！住手！把疾風大人……」

雛鳥模樣的替身，在昌浩手中變成了一般的紙張。

天狗悲痛地慘叫：

「快住手啊，異教法術會……」

昌浩解除結界，撕破了寫著天狗文字的地方。

颯鋒瞠目結舌，心跳加速。

集中在那裡的異教法術的咒力捲起旋風，像是在尋找突然消失的疾風般，驚慌失措

地震顫著。沒多久找到標的物原來的地方，蠢蠢蠕動起來。

「啊……」

絕望的呻吟從颯鋒的嘴巴溢出來。

愛宕的疾風是在房裡休養，而不是在聖域，所以保護不了它了。

「陰陽師——……！」

颯鋒帶著詛咒慘叫起來，飄舞在它身旁降落。

異教法術的咒力滔滔波動，眼看著就要朝愛宕滾滾而去了。

昌浩拍手擊掌。

響起砰的清脆聲，把咒力囚困在現場。

同時，朱雀迸發出來的火焰鬥氣，瞬間把那一帶整個包圍了。

熾烈的熱氣搧起了風，捲起劇烈的漩渦。

「颯鋒，劍借我！」

昌浩大叫，手上拿著颯鋒的劍。

颯鋒的眼神帶著憤怒與仇恨射穿了昌浩。然而，昌浩毫不介意，從懷裡抽出人偶和符咒。

他將兩樣東西疊在一起，邊深呼吸，邊舉起另一隻手上的劍。

「怨敵降伏，身現此處！」

就在劍尖刺穿符咒與人偶時，響起了垂死掙扎般的慘叫聲。

10

震耳欲聾的慘叫聲，幾乎撼動了天地。

颯峰愕然地環視周遭。

「這是……」

他啞然失言。

在昌浩眼前冒出來的漆黑火焰，瞬間變成一團大東西，熊熊燃燒起來。裡面出現了看起來像天狗，卻完全不一樣的怪物。

颯峰茫然看著痛苦喘氣、滿地翻滾且慘叫聲不斷的怪物。

它不知道發生了什麼事，不知道那是什麼東西，從來沒看過那種生物。

那東西一掙扎，就會颳起觸感詭異的風，皮膚也像被什麼看不見的悶熱黏稠物纏住。

「這到底是……」

颯峰爬起來，正要張嘴逼問昌浩時，忽然不動了。

在面具下的颯峰雙眼露出驚愕的神色。

它接觸過這樣的氣息。

非常酷似把它守護的幼小雛鳥折磨成那樣的異教法術所帶來的妖氣。

昌浩把劍插在人偶上大叫：

「颯峰！」

只轉動眼珠子望向颯峰的陰陽師，咬緊牙關指著異形說：

「這就是對疾風施法的異教法師！」

強烈的憤怒如蒸騰的熱氣般，從颯峰的身體冒出來。

✕ ✕ ✕

「我不太擅長這種法術……」

成親雙手擊掌，深深吸了一口氣。

實經躺在他面前，可以說是象徵異教法術印記的斑疹，佈滿他裸露的肩膀與手臂。

解除異教法術後，這些斑疹就會消失吧？應該會。

成親把照顧實經的奶媽、侍女們都請出對屋外，在四方豎起幡帛旗，放置金剛杵。

在建築物裡放置金剛杵，被看到還是不太好，所以他特別慎重。

禪坐後，他又擊掌一次，然後拜拜般雙手合十，閉上眼睛。

現在昌浩應該已經解除了替身的法術。

昌浩還不熟練，恐怕很難邊持續一種法術，邊下詛咒。

這畢竟是他第一次下詛咒，可能的話，還是希望他能全神貫注在那件事上。

「不知道情況怎麼樣……」

就在他喃喃自語的瞬間，傳來了微微的靈力波動。

躺著的實經發出了更大的呻吟聲。

「來了——」

成親閉著眼睛結刀印，感覺得到逐漸增強的異教法術捲起了漩渦。

他立刻唸起九字真言，結內縛印。

「南無馬庫桑曼答、巴沙啦旦顯達瑪卡洛夏達索瓦塔亞、溫塔拉塔坎漫。」

結劍印。

「嗡奇利奇利。」

再結刀印。

「嗡奇利奇利。」

接著是轉法輪印。

「南無馬庫桑曼答、巴沙啦旦顯達瑪卡洛夏達索瓦塔亞、溫塔拉塔坎漫。」

外五鈷印。

「南無馬庫沙啦巴塔塔、牙帝亞庫沙拉巴、波凱別庫沙拉巴、塔塔啦塔顯達、馬卡洛夏達坎牙基沙啦巴、畢基南溫塔拉塔、坎曼！」

諸天救勒印。

「嗡奇利、嗡奇亞庫溫。」

痛苦喘氣的實經大聲呻吟，扭動著身子。

外縛印。

「南無馬庫桑曼答、巴沙啦旦顯達瑪卡洛夏達索瓦塔亞、溫塔拉塔坎漫。」

「唔……」

扭動身體的實經嘶地吸口氣，就整個人放鬆了。

淺而急促的呼吸，變得平靜、溫和。

成親沒有解除外縛印，繼續在嘴巴裡低聲唸著：

「南無馬庫桑曼答、巴沙啦旦顯達瑪卡洛夏達索瓦塔亞、溫塔拉塔坎漫。南無馬庫桑曼答、巴沙啦旦顯達瑪卡洛夏達索瓦塔亞、溫塔拉塔坎漫。南無馬庫桑曼答、巴沙啦旦顯達瑪卡洛夏達索瓦塔亞、溫塔拉塔坎漫。」

不知道這樣唸了多久。

在四方豎起的幡帛旗上，用來綁住紙條的四個紙捻同時噗吱斷裂了。

紙條翩然飄落。

成親沉著地抬起眼。

實經額頭上依然滲著汗，但呼吸輕鬆多了。

喘口氣，幾乎把肺裡的空氣統統吐光的成親放鬆了坐姿，把腳伸直。

「啊……」

疲勞一擁而上。

成親垂下肩膀，喃喃唸著：

「太好了，生效了……」

剛才他很有自信地把侍女們都趕出了對屋，萬一這個暫時應對的靈縛法失敗，後果將不堪設想。

他摸摸小公子的額頭，高燒還是沒退。從手臂蔓延到鎖骨一帶的斑疹也還沒消失。

但是應該沒有繼續惡化。

「接下來……」

成親望向西北方，瞇起了眼睛。

他的任務就是在昌浩徹底殲滅異教法師之前，設法阻斷異教法術。

＊　＊　＊

在神將朱雀用鬥氣包圍起來的半球空間裡，緊握著劍的昌浩，斜睨著異教法師。

颯峰帶著幾分懷疑，看著不知為何凝然不動的昌浩。

昌浩握著劍柄的手微微顫抖著。

「可惡……果然夠強悍……！」

豆大的汗水從昌浩額頭滲出來。

在昌浩正前方燒起來的黑色火焰中痛苦掙扎的異教法師，頭部的輪廓逐漸瓦解，開始扭曲變形。

異常膨脹的肚子好像孕育著什麼東西，不時從裡面傳出咚隆咚隆的聲響。枯瘦到只剩下細長骨頭的手無力地下垂著。戴著龜裂面具的臉上，糜爛的皮膚正片片剝落。

背上的翅膀，已經脫落得慘不忍睹。

邊痛苦哀號，邊掙扎的異教法師，身上的肉也逐漸糜爛剝落。從裂開的皮膚露出來的筋和肉，也開始潰爛了。

昌浩沒有撇開視線，直直注視著。

「……唔！」

他要把這一幕深深烙印在眼底，告訴自己，這就是下詛咒的結果。

把嘴唇緊緊抿成一條線的昌浩，用劍尖壓著人偶與符咒，抵抗奮力掙扎的異教法師的妖力。

這張符咒正在侵蝕異教法師的身體。

昌浩儘可能讓呼吸平穩下來。心臟撲通撲通狂跳，對異教法師下的詛咒，隨時都有可能反彈回自己身上。昌浩把全副靈力，都一股腦兒投注在這次的詛咒上了。萬一反彈回來，絕對不可能毫髮無傷。

要冷靜。異教法師正逐漸衰弱中，千萬不能焦躁。

——不能焦躁，保持平常心。不管發生什麼事，都要把持住。

建議昌浩下詛咒的成親，這麼對他重複說了好幾次。

不要焦躁、保持平常心，是收伏妖魔或修禊時的基本常識。成親苦口婆心地再三叮嚀他，下詛咒時這個基本常識更是重要。

怎麼樣都找不到異教法師的藏身之處，所以沒辦法收伏他。當昌浩這麼埋怨時，成親開口了。

——那就把他拖出來，拖到你前面啊，為什麼不這麼做？

昌浩目瞪口呆。

——要怎麼拖出來？

風音也好，成親也罷，都接連對他說了怎麼想都不可能做到的事。

害昌浩差點得了妄想症，不禁懷疑他們所使用的語言，會不會其實是跟自己不一樣呢？

他也想過與異教法術同調的方法，但遭神將們強烈反對。所以他改用替身當誘餌，企圖誘出異教法師。那個替身連天狗都讚嘆像極了疾風，沒想到被異教法師識破，反而被擺了一道。

現在可說是無計可施了，如果有其他任何辦法，他都願意傾聽。

成親反問躍躍欲試的昌浩。

——對了，昌浩，異教法師是當著你的面，叫你不要管天狗的事嗎？

昌浩疑惑地點頭回應。

——是啊，在夢殿。

——那就沒問題了，可以下詛咒解決這件事。
——為什麼這麼說？
成親從這件事的基本常識開始說起。
基本上，只能對直接或間接見過的對象下詛咒。
要認得對方的臉，或看過對方的長相。透過法術從水鏡看也算是看過。
昌浩如果只知道異教法師的法術波動，那麼，詛咒的力量很可能直接撲向飽受異教法術折磨的實經，而不是異教法師本人。因為昌浩的力量，會被他唯一知道的異教法術的波動吸引。幸好他直接跟異教法師對峙過，即使場所是在夢殿也無所謂。現在的昌浩，已經認得異教法師的模樣與妖氣。
沒有直接接觸也沒關係，詛咒應該會到達異教法師身上。但是，當術士本身有所猶豫時，還是會產生極大的危險。
說到這裡，成親半開玩笑地說：
——放心，習慣後，根本不算什麼。
昌浩暗想：
習慣下詛咒嗎？這種事還是不要習慣吧！
哥哥從他的表情看出他的心思，沉著地開導他說：

——但這就是陰陽師啊！昌浩。

這句話聽起來特別沉重，深深沁入了昌浩內心。

啊，沒錯，這就是陰陽師。黑白、正邪、清濁兼容並蓄，同時擁有陰與陽，而且絕對不能被看出來。

與神或魔對等相通，擁有愈強烈的黑暗，愈能散發出強烈的光芒。

端看自己能不能接受那樣的黑暗。

昌浩現在正站在非常關鍵的岔路上。

該如何把異教法師拖出來呢？昌浩傷透了腦筋。因為是第一次，哥哥給了他一些建議。

在啟動詛咒的瞬間，讓異教法師著火燃燒。

在啟動詛咒的瞬間，讓異教法術移轉到異教法師自己身上。

在啟動詛咒的瞬間，讓異教法師身首異處。

成親還要接著說，被昌浩制止了。

為什麼不是一擊斃命，就是瞬間奪命呢？

成親毅然回說這樣才不會留下禍端，但昌浩還是面有難色。

他還想釐清某些事，所以希望可以讓異教法師半死不活，不能動就好。

這麼說的昌浩，暗自感到慶幸。
幸好異教法師是變成怪物的模樣，而不是人類的模樣。
怪物模樣當然也不好，但如果是人類模樣，恐怕還要有其他覺悟。
或許有一天，會遇到那樣的狀況，但現在是現在。

手漸漸麻痹了。
異教法師的力量比他想像中強大許多，這樣下去詛咒會被反彈回來。
必須在那之前把事情解決。
「朱雀，拜託你了！」
可能的話，昌浩也想靠自己的力量給予最後一擊，但他光壓制都有困難。
「我來吧！」
朱雀揮起了大劍。
這時天狗咆哮起來。
「你休想這麼做！」
颯峰衝過來，朱雀飛快採取了行動。
昌浩眼前出現了朱雀寬廣的背部。

響起了劍擊聲。是颯峰揮出從飄舞手上搶來的劍，被朱雀的大劍擋住了。
氣得全身顫抖的颯峰低聲咒罵著：
「你想幹什麼？又想陷害我們嗎？」
昌浩張大了眼睛。
「不！這是異教法師啊，就是對疾風施法的……」
「我才不相信！」激動怒吼的颯峰斜睨著朱雀說：「神將，不干你的事，我要戳破這個人類的虛假！」
朱雀瞇起眼睛說：
「虛假？昌浩有那種東西嗎？」
如果有那麼一點點的話，神將們就不需要這麼擔心他了，偏偏他就是個表裡非常一致的人。
「只是你沒看過而已吧？人類耍陰險計謀，就跟呼吸一樣稀鬆平常。」
尖酸刻薄的話，一字字都扎刺著昌浩的心。
昌浩終於忍不住搖著頭說：
「不，我會解除替身的法術，是因為不使出全力就無法把異教法師拖出來。」
在詛咒啟動的同時捆住他，把他召喚到自己面前，再用符咒燒爛他全身，削弱他的

妖氣，帶給他跟異教法術一樣或更嚴重的痛楚。

這就是昌浩下的詛咒。

聽完昌浩全心全意的說明，颯峰冷冷地質問他：

「哦？既然這樣，你為什麼不早說？是不是有什麼愧對我們的事？」

「因為我被異教法師威脅，說出去的話，實經公子就會沒命……」

被朱雀的大劍逼得步步往後退的颯峰，用魔怪特有的嗓音狠狠地說：

「人類算什麼，怎麼樣都不干我的事！」

聽到這句話，昌浩心頭捲起激烈的感情漩渦，不知道是生氣、是憤怒、還是悲傷。

不，也可能是懊惱。

一股熱氣湧上喉頭，昌浩抽搐般吸口氣大叫：

「這是你的真心話嗎?!」

沒想到昌浩的語氣會這麼激動，朱雀驚訝地往後看。

颯峰絲毫不為所動。

異教法師邊痛苦喘息，邊等著昌浩露出破綻。而飄舞從頭到尾都直立不動，目不轉睛地盯著異教法師。

颯峰竊竊訕笑，推開朱雀的大劍說：

「乾脆直接用那個孩子當替身不就好了?他一死，異教法術就消失了，這樣不是可以救疾風大人嗎？」

昌浩焦躁地搖著頭吶喊：

「你不怕傷了疾風的心嗎?!」

「什麼？」

瞬間，朱雀使出渾身力量彈開颯峰的劍。

颯峰用力往後跳，退到同胞身旁，昌浩用顫抖的聲音對它說：

「颯峰，你知道實經是誰吧？」

「不知道，那個名字我連聽都沒聽過。」

昌浩不由得閉上了眼睛。啊，沒錯，颯峰不知道，疾風也不知道。

「你知道，你見過他啊。」

昌浩覺得好悲哀，悲哀得難以言喻。

颯峰曾經哭著求他救疾風，曾經費盡心思說服親生母親，曾經說過想完成疾風的心願，曾經焦慮這個替身救不救得了疾風。

儘管戴著面具，昌浩卻彷彿可以看到它不停轉換的豐富表情。那麼不像天狗的颯峰，竟然說變就變，變得這麼冷漠。

這不能怪其他人，都要怪昌浩自己。

愛宕的天狗們都很討厭人類，與人類疏離。颯峰是它們之中，唯一相信陰陽師的天狗，昌浩卻背叛了它。

再怎麼解釋是誤會，都很難融化它已經凍結的心。

而且也沒辦法解釋。

昌浩想救疾風，也想救實經。

所以，看起來就像是背叛了颯峰的信賴。

這樣真的很悲哀，悲哀得不知道如何是好，昌浩懊惱到了極點。

颯峰粗聲粗氣地說：

「你又撒謊……」

「實經公子就是救了疾風的那位公子！」

翅膀的聲音震盪著昌浩的耳朵。颯峰閃過朱雀的大劍，越過他身旁往前衝，在昌浩剛說完時，已經揮下了手上的劍。

朱雀大叫一聲，不知道說了什麼。

昌浩張大眼睛，反射性地往後退，勉強躲過了颯峰的劍，但被削去了臉頰的一層皮和一綹頭髮。

差點劃過昌浩眼睛的劍，擊中昌浩緊握的劍柄，被反彈的力道彈飛出去。

劍從颯峰手中脫落，咔噹咔噹滾落在地上。

天狗全身僵硬，看著單腳著地、肩膀劇烈上下起伏的昌浩。

「你說……什麼……？」

昌浩又重複了一次。

「雛鳥下落不明時，保護它的小孩就是實經。」

颯峰的喉嚨強烈抖動起來。

「怎麼會……」

——颯峰，等我好起來，我想做一件事。

好、好，你要做什麼事？

——我要去找那個人類的公子，讓他看看我在天空飛的樣子，然後……等我長大後，如果那位公子不會怕天狗——

「啊……啊……」

颯峰用顫抖的雙手掩住臉，無力地跪了下來。

「疾風大人！我居然……」

我居然想讓我們的人類大恩人小孩成為替身，儘管不知情也不可原諒。

難以承受的悔意襲上心頭，幾乎把颯峰逼瘋了。

「疾風大人、疾風大人，我完全無法辯解，像我這麼魯莽的人……」

看著因自責而不斷咒罵自己的颯峰，昌浩不知道該說些什麼才好。

「啊……」

空氣忽然應聲碎裂。

昌浩倒抽了一口氣。

朱雀用鬥氣作成的半球狀圍牆，瞬間崩潰瓦解。

「朱雀?!」

昌浩的叫聲立刻被朱雀的怒吼聲掩蓋過去。

「昌浩，是異教法師！」

赫然回神的颯峰猛然轉向異教法師。

「糟了……」

臉色發白的昌浩，把手伸向了插入地面的劍，但是太遲了。

異教法師的妖氣炸開來。

劍連同人偶、符咒都被炸飛，熱氣蒸騰的妖氣還把咒具全燒得精光。

施加在異教法師身上的詛咒威力被反彈回來了。

昌浩從懷裡抽出另一個人偶。

天狗的妖力與靈力、咒力等種種力量，形成強強弱弱的斑駁波動，捲起漩渦，排山倒海而來。

昌浩丟出人偶，結印大叫：

「嗙、溫、塔拉庫、奇利庫、阿庫！」

銀白色的五芒星以人偶為中心顯現。

波動的漩渦與五芒星劇烈衝撞。看似承受得起強烈衝擊的五芒星，出現無數的細微裂痕向四面八方交錯延伸，最後爆裂，碎成了粉末。

昌浩雙手交叉避開衝擊時，察覺有人滑進了他前方。

是朱雀嗎？

超乎想像的力量浪潮迎面襲來。

昌浩被遠遠拋向後方。

「——……！」

他在草與沙土上翻滾，直到撞上樹幹才停下來。

一咳嗽，撞傷的背部就陣陣抽痛，很可能是傷到了筋骨。

勉強張開眼睛一看，被挖開的地方，空出了更大的範圍。

身上的肉處處潰爛剝落的異教法師，張大日光炯炯的慘白眼睛盯著昌浩，嘴角掛著嗤笑。

昌浩不寒而慄。異教法師被下了那麼強大的詛咒，居然還能存活。即便是墜入邪魔外道，變成了天狗，畢竟原本還是人類啊！

昌浩所注入的力量，與殲滅其他很多妖魔鬼怪時幾乎一樣。儘管有些生疏，應該還是會造成致命的傷勢。

異教法師嗤笑著，身體開始軟趴趴地扭曲變形。

忽然，外貌像是跟其他某種東西重疊了。

「好像什麼妖怪……四隻腳……？」

沒多久，變成了細長蛇妖般的模樣。才剛定型，又長出蜈蚣般的腳，發出窸窸窣窣的摩擦聲。

昌浩覺得毛骨悚然。

吃下天狗變成天狗的異教法師，原本的確是人類。應該是得到了天狗的力量，才能活過三百年以上，可是……

「不會吧！」

附近忽然響起微弱的呻吟聲，昌浩把視線轉向聲音來源時，不禁啞然無言。

遍體鱗傷的颯峰躺在地上。

昌浩趕緊環視周遭。

朱雀站在昌浩的對角線上，中間隔著異教法師。握著大劍的他，窺伺著異教法師的破綻，但身體被強烈的妖力牽制住，動彈不得。

飄舞站在右側的大樹上。可能是逃得快，身上看不出有什麼傷痕。

昌浩記得，詛咒反彈回來時，有人衝到他前面，替他擋住了那一擊。

那時候他以為是朱雀。因為紅蓮不在，現場只有一個神將會挺身救他。

傷痕累累的颯峰發出微弱的呻吟聲，刨抓著沙土。

「颯……峰……？」

昌浩茫然地低聲叫喚，被面具遮住半張臉的天狗對他淡淡一笑。

11

「颯峰、颯峰，你振作點……！」

昌浩大驚失色，颯峰有氣無力地回他說：

「你是陰陽師……不要為這點事……大驚小怪……」

颯峰用雙手撐起身體，慢慢地爬起來。佈滿裂痕的面具發出聲響，裂成兩半掉下來，露出了黑白顏色與人類相反的眼睛，血從額頭流下來。

「異教法術怎麼樣了……疾風大人怎麼樣了……」

看著這種時候還先想到疾風的颯峰，昌浩不由得怒吼：

「笨蛋！你為什麼替我擋……！」

搖搖晃晃站起來的颯峰，開始不停地咳嗽。咳到發出咯的嘔吐聲，血從掩住嘴的手指淌下來。

每呼吸一次，從未有過的痛楚就會貫穿胸口，可見傷勢不輕。

昌浩站起來，攙扶步履蹣跚的颯峰。

「麻……煩……你了……」扶著人類肩膀站穩腳步的天狗，瞪著異教法師說：「我

知道……這股……力量。」

「颯峰？」

把牙齒咬得嘎吱嘎吱響，還不停咳嗽的颯峰又接著說：

「那是我伯父的……」

昌浩的心狂跳起來。

聽說很久以前，愛宕天狗們總動員討伐淪為天狗的異教法師。當時，伊吹失去了一隻手臂。

他轉頭望向異教法師。

以驚人速度不斷改變外貌的異教法師，只有背上的翅膀沒改變，依舊是羽毛幾乎掉光的悲慘模樣。

昌浩吞下一口唾液。

「天狗的……翅膀……」

好大的翅膀。又大又勇猛的黑色翅膀，跟異教法師的體格一點都不相配。

酷似獨臂天狗伊吹的翅膀。

悲痛的感覺湧上心頭，昌浩沉著臉說：

「你把伊吹的……手臂……」

異教法師嗤嗤獰笑。

貪圖天狗力量的異教法師，為了取得更強大的力量，不惜付出生命，奪走天狗的強壯手臂，吃下了肚子。

這樣還不滿足，又把林林總總的妖怪都納入體內延續生命，不斷累積污濁的邪惡力量與超乎尋常的強大力量。

「我要……毀滅……愛宕的所有天狗！」

肉片從異教法師低吼的喉嚨掉下來。響起了咯咯聲響，是異教法師在笑，但喉嚨已經破損，發不出聲音來。

那樣子連怨靈都稱不上，變成只是被執迷與慾望附身的可怕異形，既不是異教法師也不是天狗。

颯峰緩緩抬起頭，怒視著異教法師。

「你要……毀滅所有天狗？」

只因為這樣，就對最脆弱的雛鳥下了毒手？給雛鳥無盡的折磨，把愛宕的天狗們推入悲傷與絕望的深淵，打算等凌虐到滿意後，再奪走雛鳥的生命。

颯峰的身體因憤怒而顫抖著。

「我絕……不放過……你這個邪魔外道！」

颯峰放開昌浩的肩膀，踏出步伐，但還是站不穩，搖搖欲墜。昌浩在它倒下前撐住它，結果一屁股跌坐在地上。

氣喘吁吁的昌浩，幸好有颯峰替他擋住了衝擊，但也不是毫髮無傷。

連身體的傷勢都會消耗靈力，反彈回來的詛咒就更不用說了。

詛咒如同雙面刃。根據因果報應，不管什麼詛咒，都會產生反作用力。

昌浩原本打算讓反作用力彈回到人偶身上，沒想到異教法師的力量這麼強大。如果早知道他取得了獨臂大天狗伊吹的力量，昌浩會再想其他辦法。

但是，詛咒的確侵蝕著異教法師逐漸崩潰瓦解的身體。他現在的形體可能只是因為納入了太多的怪物，靠怨念支撐住而已。

昌浩把颯峰扶到一旁躺下，再按住膝蓋猛力站起來。

身體好久沒有這麼沉重的感覺，也真的好久沒有這種疼痛、靈力撐到極限的感覺了。

這麼緊張的時刻，昌浩卻差點噗哧笑出聲來。

「沒錯，真的好疲憊……」

痛得緊皺眉頭的昌浩，從懷裡抽出了護身符。

當他的視線與異教法師對面的朱雀交會時，淡金色的眼睛給了回應。

昌浩蹬地躍起。

「嗡阿比拉嗚坎、夏拉庫坦！」

他注入念力，拋出符咒。

「縛鬼伏斜、百鬼消除！急急如律令！」

拋出的符咒變成光芒閃爍的猛禽，貫穿異教法師的胸口，伴隨著閃光爆裂四射。

異教法師的垂死慘叫聲響徹雲霄。

朱雀的鬥氣迸射出來。

接近橙色的火焰緊貼著地表竄燒，纏住異教法師，瞬間蔓延，遍佈全身。

神將的大劍轉眼縮短了距離，將異教法師的身體一劍砍成兩截。

四散的火焰擴大了延燒範圍，無數的火花躍動，點綴著黃昏的天空。

昌浩結過手印的神咒破風而去。

「萬魔拱服——！」

還在附近蠢蠢欲動的斑駁漩渦，全被火焰吞噬散去了。

飄舞從大樹上看著昌浩收伏異教法師。

沒多久，昌浩確定妖氣已經完全消失，全身癱軟地坐下來後，飄舞就轉身返回了異境之鄉。

◊　◊　◊

冬天的黃昏來得比較早。

抱著布包的藤原敏次，急匆匆地走在京城的大路上。

花了很長的時間才結束工作，之後又忙著做私事，所以完成時，月亮都高掛在天上了。

「要快點趕去……」

他邊焦躁地嘟囔著，邊從拐角彎過去。

沒有雲遮擋的月光清楚照出了前方的身影。

往前走的敏次，看出那是安倍成親。

「成親大人！」

成親舉起一隻手，招呼驚訝的敏次。

「喲，你現在才離開陰陽寮？」

「是的，正要去拜訪行成大人……成親大人要回家了嗎？」

行成大人府邸就在前面不遠的地方。敏次猜想，成親應該是已經去過，正要回家。

看到成親點頭，敏次有點緊張地問：
「那麼，成親大人，小姐和公子怎麼樣了？」
成親眨眨眼笑著說：
「比今天早上好多了。大概是藥師的藥起了作用，公子慢慢退燒了。」
「是嗎……」
敏次放心地鬆了一口氣，表情卻有點複雜。
「怎麼了？」
成親訝異地問，敏次慌忙展露笑容，掩飾剛才的失態。
「啊，沒事……我想多少會有點用處，所以收集了靈驗的神水、護符帶過來，可是聽您這麼說，應該是用不上了……」
原來他小心翼翼抱在懷裡的布包，裡面是裝著那些東西。
對方如果是大人，可以把祭拜過神明後撤下的神酒直接拿給對方喝。三歲的小孩不行，所以他特地準備了神水來替代神酒。
「這是從賢所要來的神水吧？」
賢所是皇宮裡的祭殿，祭祀三種神器之一的八咫鏡。每天都會供奉祭品，直到天黑才撤走。

凡是用來祭拜神器的東西，都有神的庇護。

「你居然拿得到。」

成親真的很驚訝。敏次惶恐地說：

「是有個宮女無意間知道這件事，替我準備的，她說她很樂意為行成大人的孩子這麼做……」

光從這件事，就可以知道藤原行成這個男人多麼得人緣。幾年前他失去嫡長子時，差點悲傷得出家當和尚，大家都還記憶猶新。

誰也不想再看到他那麼憔悴的模樣。

不過，將他視為政敵的貴族們或許很希望再看到那樣的他吧！

在宮中，除了人之外，還有很多妖怪，以及披著人皮的妖魔。成親暗自期許，在那些人當中，至少行成可以抱持理想繼續從政。

「那麼，成親大人請慢走。」

「嗯，你也是。還有，儘可能早點回家，好好休息。」

「謝謝您的關心，再見。」

敏次行個禮，立刻向前奔馳。想到小公子，他就心急如焚。

目送他背影離去的成親也轉身回家。今天再不早點回家，太座大人一定會鬧脾氣。

回家後還得費盡唇舌討她歡心，不然又會被孩子們埋怨。

三個孩子的臉一一浮現眼前。

成親臉上不由得露出笑容。

張開眼睛就看到金色月亮。

颯峰眨了眨眼睛。不對，它以為是月亮，其實是反射月光的金色頭髮。

那是十二神將的天一。

夜幕低垂的天空，已經出現了月亮和星星。

「有沒有哪裡痛？」

「沒有……」

颯峰滿臉訝異，不知道微笑的神將為什麼這麼問。

「那就好。不用擔心了。」

後面那句不是對颯峰說的。往她說話的地方望去，看到了伸直雙腳靠在樹幹上的昌浩。朱雀合抱雙臂，盤坐在昌浩旁邊，臉上的表情不知道為什麼看起來那麼可怕。

颯峰感覺到他視線中非比尋常的殺氣，不寒而慄。

「我到底是……」

它慌忙爬起來環視周遭。
在森林一角被挖出一個大洞的地方，還殘留著前幾天激戰後的餘韻。
「颯峰，都結束了。」
昌浩笑著說，那張臉看起來很疲憊，卻很滿足。
颯峰在腦中做了整理，赫然想起剛才的事，怒視著昌浩說：
「你竟然解除了替身的法術！」
颯峰氣勢洶洶地逼向前，一副要揪住昌浩的樣子。朱雀默默站起來，按住了它。
「放開我！還不快放！」
「怎麼辦？」
朱雀徵詢昌浩的意見，昌浩苦笑著說：
「可以的話，先這樣按住它吧，我真的有點累了。」
然後昌浩喘口氣，說服颯峰坐下來。
「為了殲滅異教法師，我不得不那麼做，但還是很抱歉。」
昌浩很有誠意地道了歉，颯峰還是不接受。
「我才不相信！異教法師怎麼樣了？飄舞在哪裡？回答我！」
它擔心不見蹤影的同胞。

朱雀回答齜牙咧嘴的天狗說：

「飄舞看到異教法師被殲滅，就轉身離開了，應該是回去愛宕了。」

「那替身呢？疾風大人呢？」

颯峰連連逼問，昌浩看它那麼兇，用眼神向天一求救。

天一笑盈盈地說：

「有我在，解除法術時，異教法術就不會回到疾風大人身上，不用擔心。」

「什麼意思？」

颯峰還是無法理解，按住它的朱雀用可怕的聲音陰沉地告訴它：

「這位天貴就待在很靠近愛宕鄉的地方，她已經做好準備，萬一異教法術回到疾風身上，就由她承受所有的一切。」

天狗轉頭看著神將。

「什麼……？」

昌浩看颯峰還是滿頭霧水，一臉困惑的樣子，就親自向它說明。

十二神將的天一會移身法術，可以承接他人的病痛、傷勢或詛咒，再加以淨化。使用這種法術，會對天一的身體造成無法想像的負擔，但是她從來沒有擺過臭臉，總是欣然完成任務。

這次異教法術還沒回到疾風身上，事情就解決了，所以朱雀只有那麼一點點的、大大的、非常的不開心，但還不到大開殺戒的程度。

原本天一也說要承接颯峰的傷勢，可是朱雀的眼神實在太嚇人，只能靠靈力已經消耗到極限的昌浩，拚命施行痊癒的咒術與法術。

幸好天狗的生命力夠強，把斷裂插入肺部的骨頭拔出來，放回原來位置，施行痊癒的法術後，骨頭就漸漸接合，皮膚也長出來了，只剩下淡淡的傷痕。

有昌浩的法術從旁協助，復元的速度特別快。不過，天狗本來就有強韌的生命力，所以即使什麼都不做，也會比一般人恢復得快。

因為長壽，所以身體必須夠強壯吧？看著颯峰，昌浩不由得這麼想。

記憶東缺一塊西缺一塊的颯峰，陷入了沉思中。

「……」

大腦逐漸清醒，終於想起發生了什麼事。

對了，為了阻止昌浩解除替身的法術，自己使出了全力迎擊。它拚命閃躲直撲而來的無數法術，試圖保住替身。然而，力有未逮，雛鳥被昌浩變回原來的替身模樣，異教法術捲起了漩渦——

光想都覺得毛骨悚然。

「真的嗎……」

聽到颯峰嘶啞的聲音，昌浩瞇起了眼睛。

颯峰甩開朱雀的手，逼向昌浩。

「真的嗎？你真的殲滅了異教法師嗎？疾風大人和那個人類的孩子都獲救了嗎？」

揪著昌浩的衣襟像連珠炮般逼問的颯峰，被神將從背後伸過來的手抓住，用力拉開了。

昌浩被勒得不停咳嗽，淚眼汪汪地回答：

「嗯，沒事了。剛才我請朱雀回去看過，實經公子退燒了，斑疹也慢慢變淡了。」

颯峰的白色眼眸震盪著。

「那麼……」

天狗的面具在它衝到昌浩前面擋住咒力時碎裂了。現在，人類與神將都看到了它的真面目。

它卻一點也不介意，滿腦子都只想著疾風的安危。

「疾風應該也復元了。我進不去愛宕異境，所以沒辦法確認……」

上次穿越濃霧，強行進入愛宕鄉，幾乎耗盡了體力。昌浩可不想再經歷那樣的痛苦，他暗自下定決心，下次再發生非去不可的事件時，一定要先取得總領天狗的同意，受邀後再進入愛宕鄉。

昌浩直視著颯峰的白色雙眸，以正經八百的口吻說：

「愛宕天狗族的下任總領護衛颯峰，我陰陽師已經履行了承諾，殲滅了異教法師，解除了異教法術，救回了下任總領。」

「──」

颯峰緘默不語。

雖是被異教法師脅迫，然而昌浩看似突然背叛的行為，還是很難讓颯峰諒解。但是，他的心從來沒撒過謊。

他不能說出真相，但也沒有欺騙颯峰。

同胞飄舞說，人類撒謊就跟呼吸一樣稀鬆平常。

所有人類都是這樣嗎？不，絕對不是。

所有被稱為魔怪的天狗都會攻擊人類嗎？不，沒這種事。

颯峰站起來。

「我要先看過疾風大人的狀況，才能確定你是不是真的履行了約定。」

昌浩露出無奈的苦笑。

「嗯，這樣也行。總之，快點把小怪他們放回來。」

異教法師已經被殲滅，沒必要再把小怪和勾陣囚禁在愛宕了。

小怪現在一定氣得七竅生煙了，不知道會不會跟天狗們吵起架來。萬一怒不可遏，摧毀了附近的建築物或是縱火洩恨，該怎麼辦呢？

有勾陣在，應該還不至於鬧到那種地步。可是，聽說勾陣被逼急了，也會失控抓狂，沒人能制止她。所以昌浩還是很擔心。

颯峰背對著三人說：

「那是飄舞的決定，不過，我會把這件事放在心上。」

「嗯，拜託你了。」

天狗的雙手緊緊交握，昌浩望著它的背影叫喚：

「颯峰。」

天狗的肩膀出現些微反應。

「謝謝你剛才替我擋住那一擊，幫了我很大的忙，真的很感謝。」

颯峰稍稍轉頭瞥了昌浩一眼，就張開翅膀，飛上了天空。

昌浩默默注視著天狗展翅離去的背影。

朱雀和天一彼此點個頭，在昌浩前面跪下來說：

「昌浩，我們也該回家了。」

「天空翁應該很擔心我們，而且還要修理壞掉的木門……」

「啊！」

差點忘了這件事。

昌浩煩惱地抱住了頭，該怎麼向父母解釋才好呢？不過，他們好像不怎麼在意這種事。之前老實地告訴父親，是天狗來時弄壞的，所以天狗修好了，吉昌只回了一句：

「是嗎？」沒再追問任何事。

母親只說，鬧得太兇會吵到附近鄰居，交代他小心一點。從她泰然自若的神情，很難判斷她是已經死心了，還是假裝沒看見。

又被破壞的木門，恐怕得自己修了。自己修是沒關係，可是昌浩真的很喜歡天狗們獨具匠心的雕琢。這次只有木門被破壞，算是不幸中之大幸了。

昌浩一站起來，朱雀就伸出手來，把他扛在肩上。

「啊……」

對了，來時是這麼來的，回去時也必須這麼回去。

「抓緊了。」

「是……」

昌浩含淚回應。

＊　＊　＊

往愛宕鄉前進的颯峰，念頭一轉，改變了路線。

它飛越京城上空，降落在某戶人家。

人類看不到天狗，但小心謹慎的它，還是變成了一隻烏鴉。

它記得對屋是在這一邊。

在庭院走了一會，就聽到小女孩的聲音。

「原來還有個小千金啊。」

烏鴉飛上高欄，不經意地望向對屋，看到一個年輕人與端坐在床上的小千金面對面坐著。

看起來比昌浩大幾歲的年輕人，解開了放在前面的布包。

興致勃勃的小千金看到裡面的東西，眼睛亮了起來。

「鳥，是鳥，大隻的鳥。」

摺成各種形狀的咒符，有鳥、有花、有魚、有蝴蝶，都是寫著除魔咒語的護身符。

開心的小千金透過燈台的光線觀賞著，看起來一本正經的年輕人對她說：

「小姐，請聽我說，這些都會保護妳。如果再發生昨天晚上那種事，我會再做新的給妳，請隨時吩咐我。」

小千金抬頭看著年輕人，神采奕奕地點點頭。

「嗯，敏次好厲害，會保護我。」

「是的，只要小姐不嫌棄，我願意用生命保護小姐。」

小千金立刻豎起小拇指，伸到前面。

「打勾勾。」

搞不清楚狀況的敏次眨了眨眼睛。

看著他們兩人交談的侍女咯咯笑著說：

「就是勾小拇指啦，敏次大人，快跟她約定吧！」

「哦……啊，是，對不起，我太遲鈍了。」

年輕人滿臉尷尬地苦笑起來，笨拙地豎起了小指。

在小千金的教導下，年輕人跟小千金完成了正式的約定。

颯峰從高欄飛下來。

人類都是這麼輕易地許下承諾嗎？

「我要保護你」之類的話，不是可以隨便對任何人說的吧？或者對那個年輕人來說，那個小千金是他不惜犧牲生命也要保護的對象？
就像疾風對颯峰的重要性。
颯峰甩甩頭，飛向它要去的對屋。
悄悄拉開木門，往裡面瞧，看到了幾個侍女圍繞在床邊。
從它站的地方，也聽得見她們的交談。
「實在太好了……」
「是啊，原本還擔心會怎麼樣呢……」
「應該是神明保佑吧！」
「也不能忘記成親大人的努力啊……」
颯峰眨了眨眼睛，覺得侍女們看起來都很沉著。
從烏鴉站的地方看不見那個孩子，不過，看情形是不用擔心了。
颯峰放心地離開了對屋。
現在只要回去等疾風痊癒就行了。
還有……
恢復了天狗原貌朝愛宕飛去的颯峰，緊緊抿住嘴巴。
等事情平息後，再帶著工匠去安倍家修木門吧！

回到了愛宕鄉後，颯峰從後門進入屋內。
疾風住在後棟的房間，後門比前門更接近那裡。
首先，要去向總領報告異教法師被殲滅的事。
「對了，還要去找飄舞，把變形怪大人們放出來……」
想到這裡，颯峰搔了搔頭。既然飄舞先回來了，應該向總領颶嵐報告過了吧？最好別去打攪還沒完全康復的總領。颯峰這麼一想，又繼續往前走。
精神振奮起來，腳步也變得輕盈了。
走到疾風的房間附近時，感覺到一股熱氣，颯峰猛然停下了腳步。不，不是刻意停下來，而是不由得停下來。
「好安靜……」
鴉雀無聲的靜寂，包圍著建築物。
平常會有警衛巡視，即使三更半夜，也到處都有天狗的氣息。
「……」
心中忐忑不安的颯峰，自然加快腳步，最後跑了起來。
腳步聲趴躂趴躂震響。怎麼都沒人出來呢？這種時間跑得這麼大聲，通常會有人出來破口大罵。

看護的侍女、颯峰的母親，應該都在後棟的疾風房內。

颯峰調整呼吸，壓抑聲音中的顫抖。

「母親……」

它隔著紙拉門，對沒有點燈的屋內叫喚。

沒有回應。

「母親、母親，您在嗎？或是有其他侍女在嗎？」

再也忍不住的颯峰，粗暴地推開了紙拉門。

只有一個大狗佇立在黑暗中。

颯峰認得那個背影。

它的呼吸急促起來，心跳聲狂亂得刺耳。

「飄舞……？」

身影凝然不動。走進房內的颯峰，感覺腳下滾落著什麼東西。

熱氣在房內捲起漩渦。

颯峰蹲下來，伸手去摸。異常的熱氣，透過衣服傳到它手上。

豎起耳朵仔細一聽，到處都是又淺又急促的呼吸，此起彼落。

「這到底是……」

定睛注視的颯峰，發現躺在地上的某個身影的衣服很眼熟。

「母親?!」

颯峰摸黑抱起了母親，屏住呼吸，全身僵硬。

母親動也不動。高熱透過衣服散發出來，從垂落的袖子露出來的手，也佈滿了壞死的顏色。

房內處處可見倒地不起的侍女，全都發著高燒，脖子、臉部、手腳都在逐漸壞死中。

「異教法術……!」

愕然驚叫的颯峰緩緩移動視線，不禁瞪大了眼睛。

躺在床上的雛鳥不見了。

颯峰放下母親，搖搖晃晃地往前走。

「疾風大人、疾風大人!」

它猛然轉向依然背對著它的飄舞。

「飄舞，這是怎麼回事?到底怎麼了……」

飄舞悄然無聲地轉過身來。

颯峰忽然覺得腹部一陣悶痛。

「……飄……舞……」

張得斗大的眼睛，震驚地動盪著。

溫熱的液體從腹部流出來，弄濕了颯峰按在那裡的手掌，鐵鏽般的血腥味衝鼻而來。

「為……什麼……」

雙腿癱軟無力，抓著飄舞手臂的手，也從指尖開始發冷僵硬。

——你想增加失敗的紀錄嗎？

——不！這次我一定會贏！

這樣的交談，不是前一刻的事嗎？

不支倒地的颯峰，聽到冷酷無情的聲音說：

「你又多了一次失敗的紀錄。」

在意識逐漸模糊中，颯峰掙扎著轉動脖子。

看到飄舞摘下面具的那張臉。

眼眸的顏色是——

在這之前，沒有任何人看過飄舞的笑容。

現在它笑著。

低頭看著躺在地上，下半身被鮮血染紅的颯峰，飄舞有生以來第一次笑了。

後記

颯峰篇第三集來囉。這次的後記沒有太多篇幅，所以要加快進度。

這次的人氣排行榜很精采呢！

第一名安倍昌浩。主角很努力，可是後面的人急起直追。

第二名十二神將的火將騰蛇。正逐漸追上主角。

第二名怪物小怪。不愧是同一個人，與紅蓮並駕齊驅。

第二名十二神將的木將六合。明明都沒出來，卻還是以前所未見的相同得票數，躍居第二名。

以下依序是勾陣、風音、朱雀、冥官、太裳、嵬、彰子、青龍、吉昌、天一、敏次、伊吹、比古、年輕晴明、結城。

在最後關頭，六合趕上了紅蓮與小怪。跟昌浩的票數相差不多，所以今後的發展值得期待。

參加排行榜投票的人，如果可以在一目了然的地方寫下「投給〇〇一票」，或是換另一種顏色的筆來寫，就是幫了我大忙。還有，請不要寫在信封上，要寫在信紙上，這

了，好險。

樣才不會漏掉。這次，我到最後關頭才發現有一封寫在信封收件人的地方，差點就漏掉

託大家的福，我順利拿到了駕照，是在九月連休時拿到的。

駕訓班畢業檢定考和駕照筆試都一次就過了，連我自己都很驚訝。

尤其是筆試，我覺得這題、那題都寫錯……這次應該是不會過，幾乎是死心了。所以看到螢幕上出現我的號碼時，很懷疑是不是搞錯了。後來都沒看到訂正，真的拿到了駕照，所以筆試應該是及格了。

有人來信問我，高速公路考得怎麼樣呢？還好，平安生還了，只是一路上都好像看到了死神的披風。為了繼續寫新作品，我會小心開車。

在駕訓班上課時，想到了現代版的故事題材，不知道近期內能不能成形。在我的設定中，勾陣不會四輪也不會兩輪，所以只能騎協力車。朱雀應該會騎那種掛有邊車的機車（Sidecar）吧……

再來要考兩輪駕照。寒冬騎起來很冷，可是，應該比夏天好吧……

右手腕很快就復元了，絲毫不影響目前的工作，謝謝大家的關心。不過，大家還看得真仔細呢！

對了，我收到了這樣的來信。

「我不太喜歡紅茶的味道，怎麼樣才能喝得下去呢？」

嗯……我認為紅茶是個人喜好，如果不喜歡，就不要勉強喝。如果是喜歡喝，只是討厭那個味道，可以找自己喜歡的味道的花草茶，有很多種哦！

我收過從台灣、香港、澳大利亞的來信，最近也收到了來自新加坡的航空信，寫的是英文。學生時代培養過的英文能力，快點醒來啊！我深切感覺到，必須再重新學習。在寫作的同時，也努力學語言吧！

考生差不多快被逼到絕境了吧？在桌前坐下來後，先喝口水，再閉上眼睛、深呼吸，這樣就能更集中精神。水很重要，白開水比茶或果汁都好。身體中最消耗精力的就是大腦，所以，吃顆巧克力補充卡路里也不錯。

盡人事聽天命就好，祝考生們開花結果。

我還是會偶爾在Web的一角嘀嘀咕咕，再靠各位的來信補給精力，繼續努力創作。

那麼，下一本書再見了。

結城光流

【颯峰篇】賭上義氣的生死之約

貳拾柒 狂風之劍

神秘「天狗」現身，究竟是敵是友？！

雖然外表像普通少年，但事實上，十四歲的少年陰陽師昌浩遇過的妖怪多到嚇死人。不過他畢竟才出道一年，像這樣被一大群憤怒的「天狗」包圍還是頭一遭。

戴著有高高鼻子的紅臉面具，全身盔甲，背上長了一對猛禽般的巨大翅膀——山妖「天狗」從不下山的，這回卻全員出動，因為總領的獨生子疾風中了人類術士的咒法後，竟然失蹤了！

昌浩被當成了那個邪惡術士，使者颯峰更威脅，四天內若找不到疾風，總領就會颳起大龍捲風毀掉世界！

什麼跟什麼啊？！昌浩還來不及解釋，只見天狗輕輕振翅，轉眼便狂風大作……

貳拾捌 眞心之願

小心哦～惹上了天狗，別想輕易脫身！

好不容易才找回總領的獨子疾風，擺平了天狗的憤怒，昌浩還以為這下子可以跟天狗說拜拜了呢！沒想到，颯峰竟然帶著叫「伊吹」的長老級天狗找上門來，差點把安倍家給毀了！

身形巨大的伊吹嘴上說是來向昌浩道謝，不過，面具下的眼神卻藏不住深深的憂慮，原來疾風雖然回來了，卻因為身中異教咒法，生命力一天比一天虛弱。

天狗們束手無策，只好再向昌浩求助。然而，若要救疾風，就必須進入神秘的天狗之鄉「愛宕」——傳說中，人類進入了愛宕都是有去無回。

這下昌浩該怎麼辦呢？……

日本TV動畫化！銷量衝破四百五十萬本！

《少年陰陽師》全系列小說超人氣熱賣中！

【窮奇篇】少年陰陽師決鬥異邦大妖魔！

壹・異邦的妖影／貳・黑暗的咒縛

叁・鏡子的牢籠

少年陰陽師安倍昌浩和夥伴小怪聯手
斬妖除魔，踏上不平凡的修行成長路！

【風音篇】靈力超女掀起驚濤駭浪！

肆・災禍之鎖／伍・雪花之夢

陸・黃泉之風／柒・火焰之刃

打敗了大陰陽師安倍晴明和十二神將，
靈力超凡之神秘女人現身！

【天狐篇】安倍家族天狐血脈大揭密！

玖・真紅之空／拾・光之導引

拾壹・冥夜之帳／拾貳・羅剎之腕

拾叁・虛無之命

原來，安倍昌浩承接了最危險的天狐之血，
一旦爆發，將會毀了全世界！

【珂神篇】安倍昌浩力拚邪惡大蛇！

拾伍・蒼古之魂／拾陸・玄妙之絆

拾柒・真相之聲／拾捌・嘆息之雨

貳拾・無盡之誓

在神之國，安倍昌浩面臨了艱難的抉擇：
該選擇正義？還是聽從陰陽師的直覺？

【玉依篇】真正的敵人其實在自己心裡！

貳拾貳・無懼之心／貳拾叁・憂愁之波

貳拾肆・寂靜之瞬／貳拾伍・失迷之途

貳拾陸・彼方之敵

京城突然出現了瘋狂咆哮的金色大龍！
這一切跟昌浩藏在心中的傷痛有關……

【番外秘話】《少年陰陽師》靈感的泉源！

捌・夢的鎮魂歌／拾肆・竹姬綺緣

拾玖・歸天之翼／貳拾壹・幽幽玄情

昌浩和小怪剛認識就吵架？神將玄武才初戀
就失戀？番外篇有珍貴漏網鏡頭！

國家圖書館出版品預行編目資料

少年陰陽師.貳拾玖.消散之印 / 結城光流著；涂愫芸譯. -- 初版. -- 臺北市：皇冠, 2012. 11[民101].
面; 公分. --(皇冠叢書; 第4270種) (少年陰陽師; 29)
譯自：少年陰陽師29 まだらの印を削ぎ落とせ
ISBN 978-957-33-2943-5(平裝)

861.57　　　　101018929

皇冠叢書第4270種
少年陰陽師 29

少年陰陽師——
消散之印

少年陰陽師29
まだらの印を削ぎ落とせ

作　　者—結城光流
譯　　者—涂愫芸
發 行 人—平雲
出版發行—皇冠文化出版有限公司
　　　　台北市敦化北路120巷50號
　　　　電話◎02-27168888
　　　　郵撥帳號◎15261516號
　　　　皇冠出版社(香港)有限公司
　　　　香港上環文咸東街50號寶恒商業中心
　　　　23樓2301-3室
　　　　電話◎2529-1778　傳真◎2527-0904
責任主編—盧春旭
責任編輯—丁慧瑋
美術設計—蘇愉諄
著作完成日期—2010年
初版一刷日期—2012年11月

法律顧問—王惠光律師

讀者服務傳真專線◎02-27150507
電腦編號◎501029
ISBN◎978-957-33-2943-5
Printed in Taiwan
本書特價◎新台幣199元/港幣67元